Lesehefte für den Literaturunterricht

In neuer Folge herausgegeben von
Rainer Siegle und Jürgen Wolff

Jo Pestum

Heinrichs Geheimnis

mit Materialien
zusammengestellt von
Hans Joachim Heinz

Ernst Klett Verlag
Stuttgart Düsseldorf Leipzig

2. Auflage A 2 21 20 | 2007 2006 2005

Alle Drucke dieser Auflage können im Unterricht nebeneinander benutzt werden, sie sind untereinander unverändert. Die letzte Zahl bezeichnet das Jahr dieses Druckes.

Internetadresse: http:/www.klett-verlag.de
Umschlag: Manfred Muraro, Stuttgart.
Gesamtherstellung: Medien Druck Unterland, Flein
ISBN 3-12-262070-7

Inhalt

Die Personen und die Handlung dieser Geschichte habe ich erfunden, doch es hat an einer großen Schule in einer Stadt im Ruhrgebiet Ereignisse gegeben, die mich auf die Idee gebracht haben, die Geschichte von Heinrich und seinen Freunden und Freundinnen zu schreiben. Abenteuerliche und bedrückende Dinge sind damals geschehen. Ich weiß, dass es heute an manchen Schulen noch schlimmer zugeht. Darum widme ich diese Erzählung allen jungen Leuten, die sich ihre Freundlichkeit und den Sinn für Solidarität bewahrt haben.

Jo Pestum

Plötzlich stand er da

Dass der solche Augen hatte! Und er wurde auch gar nicht rot, als wir kicherten und grinsten und die üblichen blöden Bemerkungen machten. Klar, das war nichts Besonderes, dass wir einen Neuen bekamen. In unserer Schule ging es raus und rein wie im Taubenschlag. Das ist wohl immer so in Großstädten, die von Zechen und Kokereien, Hüttenwerken und Chemieindustrie geprägt sind. Ein Stahlkocher verliert seine Arbeitsstelle, weil die Firma nicht mehr rentabel ist, und zieht fort mit seiner Familie. Dafür kommt vielleicht ein Chemielaborant mit Frau und Kindern in unseren Stadtteil gezogen und hofft auf eine bezahlbare Wohnung und auf einen Job, obwohl doch schon so viele Arbeitslose an den Straßenecken und am Biertresen lungern oder beim Arbeitsamt vergeblich in der Schlange stehen. Ja, in unserer Schule ging es raus und rein wie im Taubenschlag.

Als Gerold eines Tages fehlte und der Franzose uns erklärte, Gerold werde nie mehr kommen, weil die Familie nach Mannheim umgezogen sei, da habe ich in der Pause auf dem Lokus geheult. Gerold und ich, wir waren beinahe Freunde gewesen. Warum hatte er sich nicht von mir verabschiedet? Warum hatte er mir nicht gesagt: „Hennes, wir ziehen weg!“ Er kam eines Tages einfach nicht mehr in die Schule. Aus.

Der Franzose heißt eigentlich Franz Hose und war damals unser Klassenlehrer. Von mir kann man bestimmt nicht behaupten, dass ich mir besonders viel aus den Lehrern gemacht hätte, doch den Franzosen mochte ich leiden. Er stand auf unserer Seite. Und ganz besonders kümmerte er sich um die, die es schwer hatten mit dem Lernen und dem Begreifen.

Aber wenn einer aus der Klasse von den anderen fertig gemacht wurde, wenn jemand Milchgeld oder Coladosen klaute, wenn einer sich freute, dass ein anderer die Mathearbeit versaut hatte: Dann konnte er zu großem Zorn auflaufen. Dann konnte der Franzose wie ein Kampfstier brüllen. „Wenn ihr jetzt schon den Sinn für Kameradschaft und Solidarität verloren habt, verdammt, wollt ihr euch dann später wie die Kannibalen gegenseitig zerfetzen? Dass diese Menschheit so entsetzlich lernunfähig ist! Zum Kotzen ist das mit euch!“

Wenn der Franzose uns so beschimpfte, wackelten wirklich die Wände.

Dass wir kicherten und grinsten und blöde Bemerkungen machten, wenn wieder einmal ein Mädchen oder ein Junge neu in unsere Klasse kam, das konnte er auch nicht leiden. Aber abgewöhnen konnte er uns das nicht, und ich finde, es ist ja auch spannend, wenn da plötzlich jemand vor uns steht und zu uns gehören will, obwohl er uns zuerst einmal völlig fremd ist. Ich weiß noch, als die Cordula neu war, hat sie vor Aufregung richtig geweint. Rot werden sie eigentlich alle, lächeln verlegen, verdrehen die Augen und haben zwei Hände zu viel.

Aber der nicht! Und dass er solche Augen hatte!

„Wie ein Marokkaner sieht der aus“, flüsterte Jens.

„Nee, wie ’n Zigeuner“, gluckste Susanne.

„Quatsch!“, sagte Uwe. „Wie ein Indianer.“

Ja, genauso sah er aus! Wie ein Indianer, wie ein Apache, wie ein junger Winnetou in blauem Kordhemd, verwaschenen Jeans und reichlich schief gelaufenen Turnschuhen. Das schwarze Haar war glatt und wirkte ein wenig wie ein eingeölter Sturzhelm. Darunter Indianeraugen, Indianernase, Indianerbackenknochen, Indianermund. Ich glaube, es waren besonders seine Augen, die so indianerhaft aussahen.

Der Neue schaute uns in aller Ruhe und der Reihe nach an: uns alle. Ich erinnere mich, dass ich unter seinem Blick zusammengezuckt bin. Warum? Ich weiß es nicht.

„Ein Kakao-Baby!“, krähte Till albern. „Ein echter Kakao-Boy!“

Der Franzose sagte: „Wenn du so weiterfaselst, Till, schmeiß ich dich raus, aber mit Anlauf.“ Dann fasste er den Neuen bei den Schultern. „Er heißt Heinrich.“

„Heinrich!“

Das war wie ein Schrei. Alle lachten. Heinrich! Ausgerechnet Heinrich! Das ist doch kein Name. So heißen doch höchstens Opas und uralte Großonkel. So schrien alle Mädchen und Jungen durcheinander. Ich dachte: Warum muss der Neue mit seinem Indianergesicht ausgerechnet Heinrich heißen!

„Ich mache mich nass!“, kreischte Uwe. „Ein Indianer namens Heinrich!“ Und dann hielt er sich die flache Hand vor den Mund und stieß schrilles Apachengeheul aus. „Iiiiii! Hein-rrr-iii-ch!“

Schmackes mit der blond gefärbten Locke über der Nase echote: „Heinrich, Sohn des tapferen Häuptlings Duftende Socke! Mann, ich kann nicht mehr! Mein Bandwurm strullt.“

Petra patschte sich wie verrückt auf die Schenkel, Till kreischte irgendetwas von Kakao-Boy Heinrich, dem Rächer von Texas, und Meikel, Tom und der lange Pitter, die in der letzten Bankreihe saßen, krakeelten im Takt: „Der Heinerich, der Heinerich, der ist ein arger Wüterich!“

Der Franzose schüttelte angewidert den Kopf.

Den Heinrich ließ das alles anscheinend eiskalt. Für einen Augenblick zeigte er zwar die Zähne, doch es war nicht zu erkennen, ob das ein spöttisches oder ein wütendes Lächeln bedeuten sollte. Seine Augen, diese seltsamen Indianeraugen, veränderten sich nicht eine Spur.

Es gibt ja solche Tage, an denen alle spinnen. Ob das am Wetter liegt, am Fernsehprogramm des Vorabends, an der Luftfeuchtigkeit, am Wind, an den Ausdünstungen des Chemiewerks: Keiner weiß genau, woher das kommt. Aber solche Tage gibt es, und an einem solchen Tag kam Heinrich neu in unsere Klasse. Eigentlich ist der Name Heinrich ja gar nicht so ungewöhnlich. Wenn er Donald Duck oder Nebukadnezar oder August geheißen hätte, dann hätte ich es ja verstehen können, aber unsere Klasse drehte bei dem Namen Heinrich völlig durch.

Dass Heinrich mit vollem Namen Heinrich Swiegocki hieß, das kümmerte keinen von uns. Swiegocki: Solche Namen gibt es bei uns im Ruhrgebiet noch und noch. Es hat damit zu tun, dass zum Beginn der Zeit der Großindustrie eine Menge Leute aus östlichen Ländern kamen, besonders aus Polen, weil man hier Arbeitskräfte brauchte, besonders im Bergbau und in den Eisenhütten. Wir hatten, daran erinnere ich mich genau, eine Marlies Tibulski, einen Hermann Dargaschewski und eine Lotti Kaczmarek in der Klasse. Nein, über den Namen Swiegocki lachte niemand. Nur den Namen Heinrich fanden wir alle komisch.

Heinrich wurde mein Nebenmann und das kam so: Wir hatten mit unseren Tischen Vierergruppen gebildet, aber nach und nach waren Lücken entstanden. Till und Sanne zum Beispiel saßen allein am Vierertisch. Heinrich konnte sich seinen Platz wählen.

„Wo möchtest du sitzen?“, fragte der Franzose.

Plötzlich, ich war völlig überrascht, stand er da. Er warf seine Segeltuchtasche auf unseren Tisch und sagte: „Was dagegen, dass ich mich hierher setze?“

Ich spürte, dass ich den Kopf schüttelte. Ja, und ich fühlte auch, wie ich mich freute. Ich hatte überhaupt keinen Zweifel daran, dass Heinrich sich nur meinetwegen an unseren Tisch setzen wollte. Mir schoss das Blut ins Gesicht, meine Ohren glühten. Dann sagte ich endlich: „Nichts dagegen.“

„Ich hab auch nichts dagegen“, kicherte Cordula.

Uwe verkündete gönnerhaft, er habe auch nichts dagegen, obwohl er ja eigentlich darauf wartete, dass die Bohnenstange Carsten wieder in unsere Vierermannschaft käme. Carsten machte Krafttraining bei den Boxern von Preußen 08, weil er hoffte, dass seine Muskeln endlich dicker würden, doch er rackerte sich vergeblich ab, denn da tat sich nichts. Aber weil Uwe ihm angeblich zwei Sumatra-Barben mit Flossenfäule angedreht hatte, die dann alle Fische im Aquarium angesteckt hätten, war Carsten ausgerückt zu einem anderen Tisch. Natürlich hatte der Hantelstemmer längst einen Spitznamen: Schmackes.

Jetzt also saß Heinrich an Schmackes' Platz. Er verstaute die Segeltuchtasche unter der Tischplatte und streckte die Arme aus. Mir fiel auf, dass seine Indianerhände ungemein kräftig wirkten und dass seine Fingernägel abgekaut waren. Bildete ich mir das ein oder ging da wirklich ein seltsam herber Duft von Heinrich aus? Ich schnupperte. Salzgeruch! Ich war mir fast sicher. Bilder von endlosem Meer und von riesigen Wäldern tauchten da plötzlich in meiner Vorstellung auf. Da waren Sehnsüchte nach den Rocky Mountains, nach knallenden Piratensegeln und dampfenden Pferderücken. Wahrscheinlich hätte es mich damals nicht gewundert, wenn Heinrich statt eines langen Lineals einen Tomahawk aus seiner Tasche gezogen hätte.

Wirklich, ich weiß bis heute nicht, warum Heinrichs Gegenwart solche Wünsche nach Abenteuer und Weglaufen und unbekannter Ferne in mir weckte. Lag es einfach nur an dieser Indianerhaftigkeit, dieser merkwürdigen Fremdheit? In Wirklichkeit hatte Heinrich noch nie in seinem Leben eine weite Reise unternommen. Das erfuhr ich später, als wir beinahe Freunde geworden waren.

Der Franzose schnäuzte sich prustend. „Nachdem die Klasse sich nun halbwegs wieder normalisiert hat, können wir vielleicht mit dem Unterricht beginnen. Wer hatte Schwierigkeiten mit den Hausaufgaben?“

Petra meldete sich. Sie begriff Geometrie einfach nicht. Nicht einmal das simpelste Dreieck konnte sie konstruieren.

Sie nahm ihr Heft und stampfte in ihren kniehohen Nietenstiefeln an die Tafel. Sie lächelte den Franzosen mit rührender Hilflosigkeit an, als wollte sie sagen: Ich freue mich ja, dass Sie so viel Geduld mit mir haben, aber ich kapiere das alles trotzdem nicht.

Heinrich hatte auch Schwierigkeiten mit Geometrie. Ich erkannte das sofort, als er seinen Block aufschlug und alles aufmalte, was Petra an der Tafel zu zeichnen versuchte.

„Wie heißt du eigentlich?“, fragte Heinrich.

„Hennes“, sagte ich. „Eigentlich Johannes. Die nennen mich aber alle Hennes. Kannst du auch machen.“

Heinrich biss an seinen Fingernägeln herum. „Ich versteh das alles überhaupt nicht. Geometrie – also, solche Sachen hab ich noch gar nicht gehabt. Was mach ich da nur?“

Es war ein wunderschönes Gefühl für mich, lautstark Heinrichs Partei ergreifen zu können. Empört rief ich, als der Franzose Petras Konstruktion berichtigte: „Heh, langsamer! Der Heinrich kommt nicht mit!“

Heinrich stieß mich mit dem Ellenbogen an. „Ich kann ja wohl für mich selber reden, oder?“ Unfreundlich klang das nicht, aber es war wie eine Warnung, als wollte er mir von Anfang an klarmachen: Ich bin es gewohnt, mich selber um meine Angelegenheiten zu kümmern. Ich brauche keine fremde Hilfe. Ich mag es nicht, wenn ein anderer für mich spricht.

Ich antwortete nicht, doch ich konnte es nicht verhindern, dass ich schon wieder rot wurde im Gesicht. Aus Beschämung? Aus Verlegenheit? Ich hatte es doch gut gemeint!

„Habt ihr in eurer Schule nach einem anderen Lehrbuch gearbeitet?“, fragte der Franzose.

„So Dreieckezeichnen und solche Sachen, also, die hab ich jedenfalls noch nicht gelernt“, sagte Heinrich.

„Dann komm nach der Stunde zu mir. Wir reden darüber. Vielleicht kann die Mirjam dir ein bisschen helfen. Die ist gut in Mathematik. Na ja – oder der Hennes. Der ist ja auch nicht schlecht. Machst du doch, Hennes?“

„Sicher“, murmelte ich und gab mir alle Mühe, meine Verlegenheit zu überspielen.

An diesem Vormittag wurde ich noch einmal rot. Das war in der großen Pause. Da wurde ich rot vor Wut, weil Catcher Göhrke mit seinen Miezen angerückt kam. Oder kann man auch vor Angst rot werden? Alle Leute behaupten, man werde blass vor Angst. Aber stimmt das wirklich?

Wir lachten albern, als die Petra es nicht schaffte, das große Geo-Dreieck richtig herumzuhalten. Und dann kullerten aus Uwes Etui Mengen von Erdnüssen. An der Wand, wo wir die Poster von Pink Floyd und Mick Jagger und Joan Baez und Schalke und Batman und Formel-1-Rennwagen und schweren Honda-Maschinen angepinnt hatten, spielten die Sonnenstrahlen verrückte Lichtspiele. Die Kühltürme am Horizont pafften knallweiße Dampfwolken. Es war ein strahlender Herbsttag. Daran erinnere ich mich genau.

Es gibt Tage und Stunden, ja sogar Augenblicke, die sich so stark ins Bewusstsein und in die Erinnerung einprägen, dass man sie auch nach Jahren in großer Deutlichkeit vor sich sieht. Ich bin mir sicher, dass ich das Bild, als Heinrich plötzlich in unserer Klasse vor uns stand, in meinem ganzen Leben nicht vergessen werde. Dass der solche Augen hatte!

Indianer weinen nicht

Wir waren mehr als zweitausend Jungen und Mädchen in unserer Gesamtschule und in den Pausen fanden enorme Völkerwanderungen statt. Trotzdem entdeckte Catcher Göhrke mich an diesem Vormittag sofort. Ich war mit Uwe und Schmackes beim Streichholz-Pokern und hatte eine tolle Gewinnsträhne. Viermal hintereinander Full-House! Das schafft so leicht keiner. Mein Streichholzhäufchen wuchs und wuchs. Uwe hatte noch gerade vier Pinne da liegen.

Heinrich hockte neben uns am Rand der Sprunggrube, kaute an einer Schwarzbrotschnitte mit Schinken herum und schaute uns Pokerspielern zu.

Dann entdeckte Catcher Göhrke mich. Neben ihm schlenderten Astrid und Hilde. Die schrecklichen Miezen: So nannten wir sie. Ich glaube, sie waren mindestens so gemein wie die Jungen von der Schülermafia. Das machte denen richtig Spaß, wenn Waller, King Charly und die anderen aus der Zehnten uns quälten. Göhrke gehörte natürlich auch dazu.

Er riss mir die Spielkarten aus der Hand. „Bäh, zwei mickrige Pärchen! Da kannst du nix mit werden.“

Mit widerlich gelangweilter Geste ließ er die Karten in den Sand fallen und trat mit seinen gelben Angeberstiefeln drauf. Hochhackige Stiefel mit klirrenden Sporen und Messingnieten waren das. Und er trug auch immer Ledermanschetten an den Handgelenken, damit er wie ein gefährlicher Schläger aussah, aber der Feigling vergriff sich nur an Jüngeren.

Göhrke feixte mich bösartig an. „Wer hat denn seine Miete nicht bezahlt?“

Uwe sammelte hastig die Spielkarten ein.

„Wer seine Miete nicht bezahlt hat, will ich wissen.“ Göhrke glättete mit den kleinen Fingern die drei Flusen unter

seiner Nase, die wohl einen Gangsterschnurrbart darstellen sollten. „Na? Ich höre!“
Meine Lippen wurden ganz hart. Ich fühlte auch, wie mir salziger Schweiß in die Augen drang. „Hau doch ab, du Hilfsgorilla!“, hörte ich mich sagen. Meine Stimme kam mir fremd vor.
„Huh, ist der Hennes heute stark!“, höhnte die Astrid mit ihrem lila geschminkten Koddermaul.
Hilde musste natürlich ihren Spruch loswerden. „Der wiegt heute drei Zentner, der Hennes, aber ohne Knochen!“
Uwe und Schmackes standen inzwischen auf der anderen Seite der Sprunggrube und schrien, bereit zur Flucht: „Hilfs-go-ril-la! Hilfs-go-ril-la!“
Göhrke fasste nach meiner Nase und begann zu drehen und quetschen, dass ich vor Tränen alles nur noch verschwommen sah. „Ich hab dich was gefragt!“, fauchte er.
Das war so ein Augenblick, wo ich mir brennend wünschte, Bruce Lee oder Old Shatterhand oder Rocky oder Bud Spencer zu sein, wo ich mir haargenau vorstellte, wie ich den Catcher Göhrke durch die Luft fetzen würde, um ihn den schrecklichen Miezen um die Ohren zu hauen. Aber ich war nicht Bruce Lee. Dieses schlimme Gefühl aus Hilflosigkeit und Zorn machte mich fast krank. Ich schämte mich entsetzlich, weil ich wusste, dass ich gegen Göhrke keine Chance hatte. Ich kam mit den Fäusten gar nicht an ihn heran. Der stieß mich mit ausgestreckten Armen vor sich her und lachte wiehernd.
„Der Hennes zappelt wie Mick Jagger!“, kreischte Hilde.
„Ich hab dich was gefragt, du Zappler!“ Göhrke knallte mir blitzschnell den Stiefelabsatz in die Waden und gab mir einen Stoß, dass ich rückwärts durch die Sprunggrube stürzte.
Und da grub der Apache Heinrich sein Kriegsbeil aus!
Ich hörte den Überraschungsschrei. Das war Göhrke, der da schrie. Dann, als ich mir den dreckigen Sand aus Ge-

sicht und Haaren geschüttelt hatte und die Augen wieder aufbekam, sah ich Heinrich in Göhrkes Nacken hocken. Wie ein Schimpanse hatte er sich festgeklammert und drosch mit den Fäusten auf Göhrkes Schädel ein. Ich sah, wie Göhrke strauchelte und dann zusammen mit Heinrich hinschlug.

Von allen Seiten kamen Neugierige gerannt. Schlägereien: die kleinen Sensationen im Schulalltag. Da hat man hinterher etwas zu erzählen, da kann man sich vor allem den eigenen Frust aus dem Hals brüllen. Mir wurde kotzschlecht, als ich die gaffende Meute sah. Meine Nase fühlte sich ganz taub an. Göhrkes Gesicht machte mir entsetzliche Angst.

„Heinrich!“, schrie ich. „Lauf weg! Los, lauf schon!“

Aber Catcher Göhrke hatte vermutlich schon vor uns Bierbaums Wutgesicht in der Menge gesehen. Bierbaum gab Sport und Latein und trainierte die Judo-Staffel. Dass mit ihm nicht gut Kirschenessen war, das wussten wir alle. Göhrke machte sich also rasch aus dem Staub. Heinrich stand da und pumpte nach Luft.

„Komm, nichts wie weg!“ Ich fasste seinen Arm.

„Aber ...“ – „Mensch, Heinrich, komm schon!“

Ein paar aus unserer Klasse hatten begriffen. Till, Cordula, Uwe. Sie nahmen Heinrich zwischen sich, drängten ihn ab, verschwanden mit ihm in der Schülermenge, während ich geduckt zur anderen Seite davonhuschte. Als Bierbaum dann endlich bei der Sprunggrube erschien, war der Spuk längst vorbei. Außerdem schrillte die Glocke zur dritten Stunde.

Ich sah Hildes blondierten Krusselkopf zwischen anderen Köpfen und schwor einen heiligen Eid. Ich schwor, dass ich mich für ihr brutales Grinsen blutig rächen würde. Ja, ich flüsterte vor mich hin: „Ich will meine ganze Ehre verlieren und niemals Ruhe im Grabe finden, wenn ich ihr das nicht zehnfach heimzahle!“ Zehnfach? Hundertfach! Tausendfach!

Als allerletzter schlich ich in die Klasse, noch hinter Reuben. Reuben mit der dickglasigen Brille war unser Erdkundelehrer. Ich sah auf Heinrichs Gesicht ganz groß die Frage geschrieben, die ich erwartet hatte: Warum lasst ihr euch das eigentlich gefallen? Ich setzte mich schnell, fasste in die Hemdtasche und schob Heinrich meine gesammelten Kaugummivorräte hinüber. Er guckte mich überrascht an, nickte und sackte ein. Auch jetzt verzog er sein Gesicht nicht.

Nein, Heinrich konnte das alles ja noch nicht verstehen. Er wusste nichts von der Mafia. Er konnte Waller und den King und die anderen Brutalinskis aus der 10c ja noch nicht kennen, die sich als Erpresser und Wegelagerer aufspielten und an der Bahnunterführung, durch die alle Schülerinnen und Schüler aus unserem Stadtteil jeden Tag gehen mussten, ihre Wegzölle einkassierten. Sie nannten das brutale Spiel: Miete erheben.

Natürlich vergriffen sie sich nur an den jüngeren Mädchen und Jungen und schüchterten sie erbarmungslos ein. „Wer rechtzeitig seine Miete bezahlt, steht unter unserem persönlichen Schutz!“ So hatten sie es uns erklärt. Sie stellten Listen auf, legten sogar Karteien an. Die schrecklichen Miezen spielten für sie die Buchhalterinnen. Jeder „Kunde“ drei Mark im Monat, Säumniszuschläge, wenn einer nicht pünktlich zahlte: Da waren sie knochenhart. Catcher Göhrke, der Mahner und Eintreiber, der so gern seine Muskeln zur Schau stellte, sagte noch und noch sein blödes Sprüchlein auf: „Was wollt ihr denn, ihr kleinen Pfeifen! Drei Mark für eure persönliche Sicherheit, das nennt ihr Wucherpreise? Billiger ist das nicht zu machen. Erkundigt euch mal in Chicago!“

Selbstverständlich hatten wir uns zu wehren versucht. Veronikas Eltern hatten den Direktor angerufen, und der hatte dann den King Charly und den Waller zu sich zitiert. Doch die beiden heuchelten scheinheilig große Verblüffung. Das alles sei doch bloß ein Karnevalsjux gewesen, laberten sie dem Direktor vor, und der ging ihnen auch auf den Leim. Dass Veronika einen Tag später ganz schlimm stürzte, weil die Gabel ihres Fahrrades angesägt war, konnte nur ein Idiot für einen Zufall halten.

Nur war den Mafiosi aus der Zehnten nie etwas nachzuweisen gewesen. Der Ralf aus der siebten Klasse hatte sich geweigert zu zahlen. Seine neue Teddyfelljacke schwamm zwei Tage später in der Mörtelwanne der Maurer, die die Turnhalle verklinkerten. Felix war in Zahlungsrückstand geraten, und dann lief sein Dackel plötzlich mit blankrasiertem Schwanz herum. Zwei Mädchen hatten ihrem Klassenlehrer von Göhrkes Drohungen berichtet, und der hatte einen Brief an die Eltern von Catcher geschrieben. Nur waren dann die Schultaschen der beiden Mädchen weg, als sie aus der großen Pause wieder in die Klasse kamen, und die tauchten auch nie wieder auf. Till, der bei seinen Großeltern lebte, hatte dem Opa von den Erpressungen erzählt. Der war der Ansicht, so etwas sei ein Fall für die Kriminalpolizei, aber Till beschwor ihn, nur ja nichts zu unternehmen, weil er Angst um seinen kleinen Siamkater hatte, der saß nämlich immer auf dem Gartenmäuerchen und lief vor niemandem davon.

Auf die Kinder aus ausländischen Familien hatten die Mafialeute es besonders abgesehen, auf die machten sie geradezu Jagd. Die türkischen Zwillinge Ismail und Orhun aus der sechsten Jahrgangsstufe besaßen selten einmal ein bisschen Taschengeld. Plötzlich hingen ihnen die Donald-Duck-Blousons nur noch als Fetzen am Körper. Wer ihnen das angetan habe, wollte die Klassenlehrerin wissen, doch die beiden verstörten Jungen trauten sich nicht, die Namen der Täter zu nennen. Sie hätten keine Ahnung, wie das geschehen sei, erklärten sie. Bogdan, der dünne Rumäne, wollte seiner Schwester helfen, als zwei Mädchen von der Mafia ihr die Armbanduhr wegnahmen, doch ein großer

Junge, dessen Namen er angeblich nicht wusste, schlug ihm dann so heftig ins Gesicht, dass Bogdan zum Ohrenarzt musste.

Klar, man kann uns vorwerfen, wir seien alle elende Feiglinge gewesen. Aber dass Elkes Brille kaputtgetreten wurde, dass einer aus der Achten von einem Mofa angefahren wurde, dass der Anorak von Hörstkens Schwester mit Teer besudelt wurde, dass Ülküs und Jasmins Kopftücher geklaut wurden: Zählt das nicht? Wir hatten Angst, ich geb's zu, wir hatten alle Angst.

Und jetzt war ich mit der Miete im Rückstand, weil ich mir einen Nymphensittich gekauft hatte und dafür meinen Eltern einen Taschengeldvorschuss abhandeln musste. Ich war völlig blank. Nun hatte sich der Heinrich eingemischt. Der ahnte ja nicht, auf was er sich da eingelassen hatte! Mein Magen krampfte sich zusammen, ich hatte einen ekligen Geschmack im Mund, mir war elendig flau. Dass meine Nase wie verrückt schmerzte: Was machte das schon! Aber dass der Heinrich sich für mich geschlagen hatte und jetzt bestimmt auf Göhrkes Liste stand, weil der sich für diese Schmach brutal rächen würde, das machte mich fix und fertig.

Was sollte ich tun? Sollte ich dem Heinrich alles von der Mafia berichten? Sollte ich ihn warnen? Ich schaute zu Schmackes und Uwe hinüber, doch meine Freunde schienen meinen Blick nicht zu spüren und starrten angestrengt auf ihre Hände. Das schlechte Gewissen! Ich ahnte, was in ihnen vorging.

Erdkunde gehörte eindeutig zu meinen Lieblingsfächern, aber was Reuben da vom brasilianischen Regenwald zu erzählen wusste, prallte einfach an mir ab. Keine Frage, an jedem anderen Tag hätte mich sein Bericht von den aussterbenden Indianern, die im Fluss stehend die Fische speeren, vom Stuhl gerissen. Ich hätte mich über die skrupellosen Geschäftemacher, die rücksichtslos ihre Straßen durch den

Urwald treiben, lauthals empört. Erregt hätte ich Partei ergriffen gegen die Brandroder, gegen die Verbrecher am ökologischen Gleichgewicht Südamerikas, gegen die Zerstörer des Weltklimas. Aber an jenem Tag glotzte ich nur sprachlos und dämlich wie ein Halbgescheiter, als Reuben mich fragte, welche Länder denn an Brasilien angrenzten. Hatte ich überhaupt zugehört?

„Also?“ Reuben wiederholte die Frage. „Welche Länder grenzen an Brasilien an?“

„Kuba!“, zischte mir der Manni Küpper zu.

Und ich dummes Büffelkalb redete ihm den Unsinn auch nach. „Kuba und ...“

Voll Schadenfreude gluckste n und wieherten und gackerten die anderen los. Aber Heinrich lachte nicht mit. Er schrieb rasch etwas auf einen Zettel, den schob er mir zu.

Nun wurden alle albern. Namen schwirrten durch die Luft: „China!“ – „Castrop-Rauxel!“ – „Schalke!“ – „Alaska!“ – „Buxtehude!“ – „Helgoland!“

„Brauchst du eine Extraeinladung, Hennes?“, fragte Reuben, als endlich Ruhe in der Klasse war. Er hatte sein Zensurenbüchlein aufgeklappt. Noch einmal forderte er mich auf, die Länder zu nennen, die mit Brasilien gemeinsame Grenzen haben. „Oder weißt du’s nicht?“

Ich schielte auf Heinrichs Zettel und las alles ab, was da gekritzelt stand: „Französisch-, Niederländisch- und Britisch-Guyana, Venezuela, Kolumbien, Peru, Bolivien, Paraguay, Uruguay und so’n Zipfel von Argentinien.“

„Prächtig!“ Reuben schien völlig verblüfft. „Ausgesprochen prächtig!“ Dann schrieb er mir eine Zensur an.

An diesem Tag spürte ich zum ersten Mal etwas von Heinrichs Sehnsucht nach fernen Ländern. Erst viel später wurde mir klar, woher diese Sehnsucht kam. „Mensch!“, flüsterte ich. „Du bist ja einsame Spitze in Erdkunde!“

„Dafür musst du mir in Mathe helfen“, gab Heinrich trocken zurück und verzog auch jetzt sein Indianergesicht nicht eine Spur.

„Logo“, sagte ich.

Reuben redete inzwischen über die Luftfeuchtigkeit im Mato Grosso und teilte fotokopierte Karten aus. Uwe knetete Papiermatschkugeln für seine Gummifletsche. Ich marterte mein Hirn, wie ich Heinrich vor Catcher Göhrkes Rache bewahren könnte. Meine Nase schwoll an. Sanne malte grüne Herzen in ihr Erdkundeheft.

In der Fünfminutenpause vor der letzten Stunde schoss mir endlich eine brauchbare Idee in meinen angeknackten Schädel. Ich sauste in die Pausenhalle hinunter, wo wir einen Telefonapparat hatten. Petra lieh mir drei Groschen. Mein Vater war gerade zu Hause angekommen. Er arbeitete damals als Handelsvertreter für Geschenkartikel und fuhr, wenn es eben ging, zum Mittag nach Hause, um sich um das Essen zu kümmern. Meine Mutter, die in der Kaufhalle an der Kasse saß, konnte nicht kommen, weil ihre Mittagspause zu kurz war.

„Kannst du mich bitte von der Schule abholen?“, hauchte ich mit kläglicher Stimme ins Telefon.

„Warum denn? Bist du zu faul zum Laufen?“, wollte mein Vater wissen. Ich merkte, dass er schlechter Laune war. Wahrscheinlich waren seine Abschlüsse am Morgen mies gewesen.

Ich antwortete mit Jammerton: „Ich hab auf einmal so irre Bauchschmerzen. Als ob ich was Falsches gegessen hätte. Mir ist wirklich schlecht. So wabblige Beine, echt ...“

Mein Vater unterbrach mich argwöhnisch. „Habt ihr ’ne Arbeit geschrieben?“

„Nee, haben wir nicht. Aber ...“

„Also gut. Ich hol dich ab. Wann?“

„Fünf nach eins haben wir aus. Kannst ruhig auf den Schulhof rauffahren. Machen die Lehrer auch.“ Ich sagte das, weil es wichtig war, dass mein Vater so nah wie möglich an den Ausgang herankam, denn auf dem Schulgelände würde Göhrke sich an diesem Tag sicher nicht noch einmal an uns vergreifen.

„Geht es dir so dreckig, Hennes?“ Mein Vater schien sehr besorgt.

„Och, geht so.“ Ich hängte ein.

Eigentlich hätte ich hellhörig werden müssen, aber mein Hirn war wie betäubt. Ich fragte Heinrich nämlich, wo er wohne, doch er gab eine so undeutliche und ausweichende Antwort, dass ich nur Bahnhof verstand.

Ich fragte wieder. „Sag doch mal genau, wo du wohnst, ja?“

Heinrich steckte eines von meinen Kaugummis in den Mund und zeigte in eine unbestimmte Richtung. „Dahinten irgendwo. Jenseits des Bahndamms und dann nach links.“

Ich sagte: „Hör zu! Mein Vater holt mich ab. Macht der öfter, weißt du. Wir nehmen dich mit und setzen dich zu Hause ab. Na, wie findest du das?“

Ich begriff das nicht, aber Heinrich lehnte ab. Teufel noch mal, wer lässt sich nicht gern nach sechs endlosen Schulstunden nach Hause fahren! Aber Heinrich wollte einfach nicht. Er sei nicht eilig. Und Mittagessen gebe es sowieso nicht vor zwei Uhr bei ihm zu Hause, weil seine Schwester dann erst aus der Handelsschule komme.

Noch und noch redete ich auf Heinrich ein, beschwor ihn geradezu, mit uns zu fahren, weil Catcher Göhrke ihm garantiert auflauern würde, aber Heinrich blieb stur wie ein Esel. Er bestand darauf, allein nach Hause zu gehen.

„Vor so ’nem Penner wie dem Göhrke hab ich doch keinen Schiss!“, lachte er, nahm seine Segeltuchtasche und ging – kerzengerade wie Häuptling Sitting Bull im Abendrot – langsam vom Schulhof.

Ich konnte das nicht verstehen. Wollte er mir irgendetwas beweisen? Darüber, dass er mir seine Anschrift nicht nennen wollte, machte ich mir an diesem Mittag noch keine Gedanken. Ich wusste nur dies: dass er jenseits des Bahndammes wohnte und durch den Tunnel musste. Am liebsten hätte ich laut geschrien.

Mein Vater kam ziemlich spät. Ich glaube, er wollte wohl erst die Lehrerinnen und Lehrer in ihren sauberen Mittelklassewagen wegfahren lassen, ehe er mit seinem angerosteten Golf-Diesel antuckerte. Er gab, wie aus Protest, übermäßig Gas, fragte mich nach meinen Bauchschmerzen, hörte aber gar nicht richtig zu, als ich irgendetwas murmelte. Dann fädelte er seinen Wagen in den starken Verkehr in Richtung Ausfallstraße ein.

Ich weiß genau: Ich fieberte geradezu. Wir mussten den Heinrich doch einholen, wenn er auch durch die Bahnunterführung zu laufen hatte! Ich sah die anderen: Felix, Sonja, Cordula, Till, Achmed, Nobby. Wo war Heinrich geblieben?

Als wir in die Seitenstraße abbogen und an den Schrebergärten entlangfuhren, entdeckte ich ihn plötzlich. Bohnenstangen, Gartenzwerge, Apfelbäume, blühende Astern ... Und dann sah ich Heinrich. Er kniete an einem Jägerzaun und versuchte den Kopf mit den Armen zu schützen. Vor ihm hatten sich Göhrke und Waller aufgebaut. Anscheinend lösten sie sich ab beim Schlagen. Am Straßenrand standen die schrecklichen Miezen und schauten zu.

„Halt!“, schrie ich. Meine Hände zitterten. „Der Heinrich! Das ist der Heinrich! Der ist in meiner Klasse, und diese Schweine, die ...“ Ich brabbelte weiter, konnte aber kaum schlucken, so hatte es mir die Sprache verschlagen. Ich fand die richtigen Wörter nicht, weil mich diese Grausamkeit sprachlos machte.

Aber mein Vater hatte begriffen. Er stieg auf die Bremse, dass ich durch die Windschutzscheibe geschossen wäre, wenn mich der Gurt nicht gehalten hätte. Er war viel schneller aus dem Auto gesprungen als ich. Ich fühlte mich wie gelähmt. Die Hilde und die Astrid sah ich wegrennen, dann hörte ich Wallers warnenden Pfiff. Göhrke drehte sich um, starrte nur eine Schrecksekunde lang meinen Vater an, flankte dann über den Zaun und hastete mit Waller ins Gewirr der hohen Maisstauden hinein.

Mein Vater konnte nicht schnell laufen und war rasch außer Puste. Das lag an seinem Asthma. Als er Heinrich erreichte, waren die Schläger längst über alle Berge.

Heinrich war böse zugerichtet. Er presste die Hände auf seinen Unterleib. Die Indianerbackenknochen schienen schon schlimm angeschwollen. Aus dem rechten Nasenloch lief ein Blutfaden. Aber das vor allem nahm ich überdeutlich wahr: Heinrich weinte nicht.

„Mein Gott!", stöhnte mein Vater. „Das ist doch nicht zu fassen! Wo leben wir denn?" Er hob Heinrichs Kopf an und tupfte mit einem Papiertaschentuch das Blut von der Backe. „Was haben die Ganoven bloß mit dir gemacht!"

Aus einem Fenster rief eine Frau: „Ich hab alles beobachtet! Soll ich die Polizei verständigen?"

„Aber schnell!" Mein Vater bebte vor Zorn.

Heinrich kam keuchend auf die Knie, wischte mit der Zunge über die aufgeplatzten Lippen und sagte mit schiefem Grinsen: „Ist ja schon gut."

Nichts war gut!

Heinrich war böse zugerichtet. Und meine Wut übertraf auf einmal alle Angst vor King Charly und seiner Gang. Das war eindeutig zu viel. Und stand ich nicht ohnehin in Heinrichs Schuld? Ich war wild entschlossen der Polizei alles zu sagen, was ich über Göhrke und die anderen Wegelagerer wusste.

Da standen jetzt eine Menge Leute herum: Schülerinnen und Schüler vor allem, aber auch Hausfrauen und Rentner und Schrebergärtner – was in solch einer Gegend eben am Mittag auf der Straße ist. Empörtes Geschrei, aufgeregtes Geschimpfe, besorgte Fragen, ob man den verletzten Jungen

nicht besser zum Arzt bringen solle. Und dann endlich stiegen zwei junge Polizisten aus ihrem grünweißen Passat.
Aber da war Heinrich schon verschwunden.
Das gab es doch nicht, dass sich ein Mensch einfach in Luft auflöste! Ob Indianer oder Bleichgesicht: Man kann sich doch nicht einfach in Luft auflösen! Doch Heinrich war verschwunden. Geschmeidig wie eine Katze musste er das Durcheinander ausgenützt haben, um sich davonzumachen.
Aber warum nur?
Die Leute redeten alle gleichzeitig auf die Polizisten ein, zeigten über das kleine Maisfeld in das Dickicht der Gartengebüsche hinein, riefen sich gegenseitig zu, was man „mit diesen Strolchen“ eigentlich machen müsse ...
Da entdeckte ich im Gras Heinrichs Segeltuchtasche.

Eine Faust machen

Speckpfannkuchen mit Blattspinat. An sich konnte ich damals ein sattes Dutzend davon verdrücken, doch an diesem Mittag bekam ich kaum einen Bissen runter. Mein Vater, noch immer besorgt, wischte sich die Hände an der geblümten Schürze sauber und betastete meine Stirn, während meine kleine Schwester Bettina loswetzte, um das Fieberthermometer aus dem Badezimmerschrank zu holen. Sie spielte gern die Krankenschwester.

Gerda, meine große Schwester, mit der ich meist ein bisschen auf Kriegsfuß stand, weil sie eine Ordnungsfanatikerin ist, hob nur so merkwürdig die Augenbrauen, als wollte sie sagen: Wetten, dass dem Hennes eine Englischarbeit auf den Magen geschlagen ist?

Dabei war ich doch wirklich krank!

Ist das etwa keine Krankheit, wenn einem vor Wut und Empörung die Gedärme schmerzen? Ist das etwa keine Krankheit, wenn einer wie ich seine Hilflosigkeit gegenüber einem Schläger aus der zehnten Klasse spürt und solch eine Ungerechtigkeit nicht einfach herunterschlucken kann? Ist das etwa keine Krankheit, wenn einem ein heftiges Schuldgefühl im Hirn herumspukt, sich nicht wegdenken lässt und immer wieder Heinrichs blutendes Indianergesicht in Erinnerung ruft? Auf den Heften in der Segeltuchtasche hatte ich übrigens nur Heinrichs Namen gefunden – keine Adresse.

Ja, ich war krank! Ich fühlte mich hundeelend, und als ich an Göhrkes böse Frage dachte, ob ich meine Miete nicht bezahlt hätte: Da hätte ich wirklich beinahe gekotzt.

„Fieber hat er jedenfalls nicht“, hörte ich dann meinen Vater sagen.

„Schade!“, klagte Bettina und brachte das Thermometer wieder weg. Sie war schon immer ein Herzchen von Schwester, wirklich.

Mein Vater war noch sehr aufgeregt von dem Gespräch mit den Polizisten. Die hatten das alles nicht richtig ernst genommen. Schlägereien unter Schülern kommen doch nun mal vor, was soll's! Da ruft man doch nicht gleich die Polizei. Wo kommen wir denn hin, wenn bei solchen Kleinigkeiten gleich die Funkstreife alarmiert wird! Ein Protokoll aufnehmen? Wozu denn? Und wo ist der Geschädigte überhaupt geblieben?

Der Geschädigte! So ein hirnrissiges Wort!

Mein Vater hatte in das Genörgel der beiden Beamten hinein gesagt: „So ein hübscher Autozusammenstoß wär Ihnen wohl lieber, wie?“ Da waren die Polizisten erst recht sauer gewesen.

Der Vater schob den Teller von sich und trank sein Bierglas leer. „Dass dieser verrückte Kerl einfach weggelaufen ist! Der kann doch nicht ganz dicht sein. Wie war der Name?“

„Heinrich“, sagte ich, „Heinrich Swiegocki. Aber wo er wohnt, das weiß ich wirklich nicht. Der ist ja ganz neu in der Klasse. Sein erster Schultag bei uns.“

„Heinrich!“, kicherte Gerda. „Huh!“

Die also auch! „Heinrich ist ein prima Name!“, schrie ich sie an. „Zehnmal besser als Gerda. Wenn ich schon Gerda höre! Wer Gerda heißt, der hat auch Läuse.“

„Kann man nicht einmal bei Tisch seine Ruhe haben?“

Mein Vater legte sein Besteck so heftig hin, dass das Porzellan schepperte. „So schlimm kann deine Krankheit ja nicht sein, Hennes. Wenn einer so frech ist, dann ist er auch nicht krank.“

Immer diese Redensarten! Warum kann man nicht krank und frech zugleich sein? Und wer hatte denn angefangen? Wer hatte sich denn über Heinrichs Namen lustig gemacht? Also!

Mein Vater, der heute an der Reihe war mit dem Tischabräumen, drückte sich wieder einmal. Er habe dringende Kundenbesuche zu machen, erklärte er. Gerda musste angeblich sofort mit den Hausaufgaben anfangen. Bettina schloss sich im Klo ein.

„Ich räum schon ab“, sagte ich.

Dieses Angebot war so großmütig und ungewöhnlich, dass die anderen jetzt vermutlich von meiner Krankheit überzeugt waren. Ich war ganz froh, dass ich etwas zu arbeiten hatte, mich bewegen musste, dass ich nicht einfach dahockte und mit meinen schlimmen Gedanken beschäftigt war. Wenn ich doch wenigstens mit jemandem über Heinrich und die Mafia und meine Befürchtungen hätte reden können! Ich stopfte das Geschirr in die Spülmaschine, wischte die Tischplatte ab, wickelte die restlichen Speckpfannkuchen in Alufolie und legte sie in den Kühlschrank.

Ich hörte, wie der Diesel meines Vaters stotternd ansprang. Aus Gerdas Zimmer wimmerte der Kassettenrecorder langweiligen Softbeat. Die Toilettenspülung rauschte. Der Lärm verschlimmerte meine Krankheit.

Ich schlich todtraurig in mein Zimmer, das kaum größer als ein Wandschrank war, warf mich aufs Bett und dachte darüber nach, ob ich stehenden Fußes nach Australien auswandern sollte oder nach Kanada oder mindestens in die Kirchhellener Heide. Der Nymphensittich brabbelte halblaut „Titus lieb! Titus lieb!“, hörte aber bald auf, weil ich ihm nicht antwortete. Wenn doch nur das ganze Haus wie eine Saturnrakete von der Erde abgehoben hätte, um mich auf den Mond zu schießen!

In meine trüben Gedanken hinein gellte Gerdas Stimme. „Hennes, Telefon!“

Es war Schmackes, die Bohnenstange. Ich hatte mir das schon gedacht, dass den das schlechte Gewissen plagte. Aber zuerst ließ ich ihn ein wenig zappeln und fragte mit gelangweilter Stimme, was er denn von mir wolle. Ja, er sollte ruhig spüren, dass ich stinksauer war auf ihn!

„Was läuft denn so, Hennes?“, fragte Schmackes.

„Na, meine Nase bestimmt nicht mehr. Der Arzt hat gesagt,

sie müsse wahrscheinlich wegoperiert werden. Er hat sie erst mal in Gips gelegt, aber große Hoffnungen hat er mir nicht gemacht. So, jetzt weißt du, was läuft."
Schmackes' Stimme bekam einen jämmerlichen Heulton.
„Mensch, Hennes, was hätten wir denn tun können, der Uwe und ich? Das ging doch alles so schnell. Wenn wir geahnt hätten, dass der Stinker dir die Nase verdrehen würde: Du, dann wären wir sofort auf den losgegangen. Und wie!"
Ich entgegnete kühl: „So richtig mit Schmackes, ja?"
„Hör doch auf, Hennes! Was ... Was hätten wir denn machen können? Ich meine ..."
„Zum Beispiel das, was der Heinrich gemacht hat." Ich gab mir Mühe, meine Stimme spöttisch klingen zu lassen. „Der hat wenigstens Mut, der Heinrich. Mehr als ihr alle zusammen."
Das traf den Schmackes, das fühlte ich. Er schrie so laut ins Telefon, dass ich den Hörer vom Ohr nehmen musste: „Der wollte doch bloß angeben, der Heinrich! So als Neuer ..."
Ich unterbrach schroff. „Sicher, der wollte bloß angeben. Und bloß zum Angeben hat der sich vorhin bei den Schrebergärten von Waller und Catcher Göhrke zusammenhauen lassen, klar. Mann, Schmackes, du redest vielleicht manchmal einen Scheiß! Erst warst du zu feige mir zu helfen, und jetzt quasselst du Blödsinn. Ist sonst noch etwas?"
Ich konnte mir richtig vorstellen, wie dem Schmackes der Schweiß ausbrach, und ich glaube, nun tat er mir sogar ein bisschen Leid. Wir waren doch Freunde und er hatte seinen Freund im Stich gelassen. Das quälte ihn jetzt. Und dass ausgerechnet der neue und ganz und gar fremde Junge mir zu Hilfe gekommen war, das machte für ihn alles noch schlimmer. Ich dachte: Eigentlich ist der Schmackes immer ein verdammt guter Freund gewesen.
Er schnaufte, als bekäme er nicht genug Luft, und fragte leise: „Mal ehrlich, Hennes, wie geht's dir denn so?"
„Beschissen."

„Ist das wirklich so schlimm mit der Nase?“

„Mit der Nase! Mit der Nase! Hör schon auf mit der blöden Nase! Kapierst du das nicht, Schmackes? Schlimm ist, dass die den Heinrich so brutal durch die Mangel gedreht haben. Das ist schlimm. Aber denkst du, der hat geheult? Der nicht! Der ist richtig so ein Apache. Indianerherz kennt keinen Schmerz. Die Polizei ist übrigens auch gekommen, aber da hatte der Heinrich sich schon dünnegemacht. Zack – verduftet.“

„Verstehe ich nicht!“

„Ich auch nicht. Ich versteh überhaupt nichts mehr. Eins weiß ich aber unheimlich gut: dass der Göhrke und die anderen sich jetzt am Heinrich und an mir rächen werden. – Wahrscheinlich interessiert dich das ja nicht.“

Schmackes fauchte: „Hör schon auf, du Blödmann! Erzähl mal lieber, was wirklich gewesen ist. Und außerdem ...“

„Außerdem“, fuhr ich dazwischen, „wär es am besten, wenn wir aufhörten zu telefonieren. Mit Quatschen kann man da gar nichts machen. Aber falls du genug Mut hast, kannst du mitmachen bei meiner Strategie. Wie gesagt: falls du genug Mut hast. Überleg dir das gut. Um drei Uhr in der Höhle!“

„Strategie? Was für ’ne Strategie?“

„Um drei Uhr in der Höhle!“, schrie ich und knallte den Hörer auf die Gabel.

Die Höhle. Unsere Höhle!

Das wussten nur ein paar Eingeweihte, dass es mitten in unserer großen Stadt eine Geheimhöhle gab. Schmackes und Uwe kannten die Höhle – und ich natürlich. Ich hatte die Höhle entdeckt. Einmal waren auch Sanne und Cordula in der Höhle gewesen, doch wir hatten ihnen die Augen verbunden auf dem Hinweg und dem Rückweg. Nicht etwa, weil wir etwas gegen die beiden Mädchen gehabt hätten, nein! Es war so, dass uns ein heiliger Schwur zum Schweigen verpflichtete. Wir hatten geschworen keinem Menschen den Weg zu unserer Höhle zu zeigen. Ein paar aus unserer Klasse ahnten etwas von dem Geheimnis. Aber sie konnten betteln und schmeicheln und rätseln: Wir hüteten unser Geheimnis. Jörg hatte uns sogar mit zehn Mark zu bestechen versucht. Aber Pustekuchen! Die Küpper-Zwillinge versuchten es mit einer anderen Taktik. Sie behaupteten, das mit der Höhle sei nur erstunken und erlogen und nichts als Angeberei, denn sonst würden wir ja beweisen, dass es diese Höhle wirklich gebe.

Auf so einen müden Trick fielen wir natürlich nicht rein. Nur bei den beiden Mädchen hatten wir eine Ausnahme gemacht, weil Uwe für sie bürgte. Er war bis über die Ohren in Cordula verliebt, und Cordula unternahm niemals irgendetwas ohne ihre Freundin Sanne.

Ich hatte die Höhle ganz zufällig gefunden, als ich auf dem Hosenboden den Zechenberg hinuntersauste und mich dabei fast überschlagen hätte. Nein, ganz falsch! Ich habe die Höhle gar nicht gefunden, es war umgekehrt: Die Höhle hat mich gefunden. Der seltsame Berg mitten in der Stadt, künstlich entstanden aus Schlacke und Abraum der Zeche Amalie, war für mich Himalaja und Ararat, Kilimandscharo und Matterhorn. Zauberberg. Hügel in der Prärie und Aztekenpyramide. Hier war ich Lederstrumpf und Kara Ben Nemsi, Tarzan, Marco Polo und Sven Hedin. Hier schaute ich mir Fotos von halb nackten Frauen an und hatte rote Ohren dabei; hier heulte ich mich aus, wenn es Zoff gegeben hatte zu Hause; hier träumte ich meine Träume von Wüstendurchquerungen und von der Reise ins Land der wilden Pferde; hier starrte ich stundenlang in die Sonne und durchraste als Astronaut alle Spiralen der Milchstraße.

Die Zeche war längst tot, doch der Zechenberg lebte noch. Birken und Ginster wucherten aus der Asche. Schwefeldämpfe quollen aus den Spalten des oxidierten Gesteins. Tief im Innern des Zechenberges stöhnte es bisweilen, als wollte das Geröll zurück in die Schächte und Stollen, aus denen es die Bergleute mit ihren Fräsen, Hämmern und Förderbändern gezerrt hatten.

Ich galoppierte also auf meinem Wunderpferd Rih auf der Flucht vor menschenfressenden Beduinen den steilen Hang hinunter. Das dachte ich mir jedenfalls aus, denn der wirkliche Grund – dass ich nämlich sonst zu spät zum Abendessen gekommen wäre – war mir zu belanglos. Also gab ich dem Gaul das Zeichen zum Fliegen. Und da sauste ich auch schon kopfüber den Hang hinunter, ratschte mit der Backe durch die Schlacke, wurde von lockeren Steinen überrollt – und dann schwebte ich eine Sekunde lang frei im Raum. Ich riss den Mund auf zum Schrei, doch ich schrie nicht. Der schmale Schacht war zwar nur zwei Meter tief, aber ich krachte mit solcher Wucht auf die Schottererde, dass sich mir beinahe die Zähne lockerten. Ich schüttelte mich, bis die Gedanken wieder klar wurden, und begriff erst jetzt, dass ich mich in einer Höhle befand.

Es war dunkel, es war warm, es war wunderbar: eine Höhle im Bauch des Zechenberges. Ich fürchtete mich seltsamerweise nicht, doch ich dachte: Hier kommst du nie wieder raus, Hennes. Du kannst schreien, bis dir die Luft ausgeht, hier hört dich niemand. Der Berg hat dich verschluckt, hier kommst du nie mehr raus. Das ist das Ende. So long, Tapferster aller Bleichgesichter!

Dabei war es gar nicht schwer, durch den schrägen Tunnel wieder ans Licht zu krabbeln. Ich verbarg das Einstiegsloch mit Himbeerranken und Brennnesseln, damit kein anderer meine geheime Höhle, die groß war wie das Innere eines VW-Busses, hier im Hang des Zechenberges entdeckte.

Die verkrustete Schlacke, anscheinend durch Wasser plötzlich abgekühlt, hatte feste Wände gebildet. So ein Versteck! Da würden die Freunde staunen.

Ich war damals wie verzaubert gewesen von meiner Entdeckung. Noch lange saß ich in der Abendsonne, schaute einer Eidechse zu, die mit pumpendem Kehlsack die Wärme der Steine genoss, und schreckte erst auf, als vom Gelände des Stahlwerks her eine Diesellok hupte. Da war es fast schon neun Uhr. Meine Mutter, nervös und erschöpft von der Tagesarbeit, schimpfte sehr, weil sie sich wohl Sorgen gemacht hatte. Ich versprach leichten Herzens, in Zukunft pünktlich zum Abendessen zu erscheinen.

Gleich am nächsten Morgen weihte ich Uwe und Schmackes in das Geheimnis ein, und als ich ihnen nach der Schule die Höhle zeigte, schwiegen sie zuerst voll Staunen. Dann schworen wir mit Blut einen heiligen Eid, das Geheimnis unserer Höhle zu wahren. Wir waren nun die unüberwindlichen Höhlenmenschen vom Zechenberg. Ach, wenn ich zurückdenke: Wann hat je eine Höhle mehr Freude und Trauer und Angst vor Zeugniszensuren und gemeinsame Träume vom großen Abenteuer erlebt!

An diesem Tag stieg ich kurz vor drei Uhr auf dem üblichen Umweg über die stillgelegten Zechengleise den Berg hinauf. Ich vergewisserte mich, dass niemand mich beobachtete, tarnte Kopf und Schultern mit Adlerfarnbüscheln und kroch das letzte Stück zum Einstiegsloch auf allen vieren. Der Berg, die Höhle und der Duft der Büsche machten mir Mut. Ich fühlte, wie meine große Angst zu kleiner Furcht geschrumpft war.

Dann pfiff ich leise kurz-kurz-kurz-lang. Die Antwort kam gedämpft: lang-lang-lang-kurz. Schmackes war also schon da. Er schob von innen die Steinplatte, die wir mit Moosfladen beklebt hatten, zur Seite. Ich glitt, mit den Beinen voraus, in die Einstiegsluke und verschloss die Höhle wieder. Nach ein paar Sekunden hatten meine Augen vom grellen Sonnenlicht auf den schummrigen Kerzenschein umgeschaltet, und da sah ich, dass nicht nur Schmackes gekommen war. Neben ihm auf der Schaumstoffmatratze hockte Uwe und nuckelte an einem glimmenden Efeustängel, obwohl ihm doch von unserem Rauchholz immer schlecht wurde.

Ich goss mir einen Blechbecher aus unserem Zitronensaftkrug voll und trank einen Schluck. Der Saft schmeckte faulig, doch ich ließ mir nichts anmerken. Dann setzte ich mich und wartete. Häuptlinge lassen sich bekanntlich Zeit, bis sie mit dem Palaver beginnen.

Uwe redete zuerst. „Mensch, Hennes, dass wir dir nicht geholfen haben, als der Catcher dir die Nase vermurkste, also ... Das ging ja so schnell. Ich konnte ja nicht damit rechnen, dass der ...“

„Aber der Heinrich, der brauchte nicht erst ’ne Einladung, der hat sofort reagiert.“

„Hör schon auf, Hennes!“, mischte Schmackes sich ein. „Kalten Kaffee wärmt man nicht auf. Du weißt doch, dass es uns Leid tut. Lass uns lieber über deinen Plan sprechen. Du hast am Telefon was von einer Strategie gesagt.“

Ich nickte. „Aber da braucht man schon so’n bisschen Mut. Sagt es lieber gleich, wenn euch das Hemd flattert.“

„Gib mal das Blut her!“, forderte Schmackes.

Uwe kramte in der dunklen Ecke in der Schatzkiste herum und stellte das kleine Schraubglas neben die Kerze auf den Ziegelstein. Es war ein altes Marmeladenglas, das hatten wir als Auffangbecken für unsere Blutstropfen benutzt, als wir damals den großen Höhleneid geschworen hatten. Eine geronnene braune Kruste war deutlich auf dem Grund des Glases zu erkennen. Schmackes spuckte darauf, rührte ein wenig mit dem Zeigefinger herum und tippte jedem von uns einen Blutpunkt auf die Stirn.

„Blutsbrüder lassen sich nicht im Stich!“, sprach Schmackes mit feierlicher Stimme. „Jetzt red endlich, Hennes!“

„Genau“, echote Uwe. „Red endlich!“

Ja, dann redete ich. Dass ich es kotzsatt hätte, mich von den widerlichen Mafiatypen schikanieren zu lassen, dass ich an die Erpresser keinen Pfennig mehr zahlen würde, dass man diesen feigen Gangstern und ihren schrecklichen Miezen endlich das Handwerk legen müsse. „Das Fass ist überge-

laufen!“, schrie ich viel zu laut. „Jetzt müssen wir in die Offensive!“
„In die was müssen wir?“ Uwe begriff das noch nicht.
„Wir brauchen eine Angriffsstrategie“, erklärte ich. „Ihr zwei braucht ja nicht jeden Tag durch den Tunnel zu laufen. Ihr habt ja keine Ahnung, wie demütigend das ist, wenn man hinter dem Eisenbahntunnel von den brutalen Gurken abgefangen und beraubt wird. Der Fehler war nur, dass jeder aus unserem Viertel allein durch die Unterführung zur Schule gegangen ist. Da haben die Raubritter es immer leicht gehabt. Was für Idioten wir gewesen sind! Damit muss Schluss sein. Allein hat man keine Chance gegen Göhrke und Waller und den King. Bloß darf eben keiner mehr allein gehen, kapiert? Und ihr anderen, ihr müsst uns am Tunnel entgegenkommen, ihr müsst uns abholen. Solidarität!“
„Solidarität!“, rief Schmackes.
Uwe schaltete schon immer etwas langsamer als andere Zeitgenossen. Er schaute erst mich und dann Schmackes fragend an. „Und ihr meint, es funktioniert?“
„Wir müssen eine Faust machen!“, knurrte ich.
Schmackes ließ seine Muskeln spielen, wie man so sagt, denn eigentlich spielte sich bei ihm damit ja nicht viel ab. „Ist doch nicht schwer zu verstehen, Uwe! Du kennst doch den alten Spruch: Jeder Finger allein ist schwach, aber zusammen bilden die Finger eine Faust.“
„Geh mir doch weg mit den weisen Sprüchen!“, spottete Uwe.
„Aber so müssen wir's machen!“, schrie ich ihn an. Ich spürte, wie die Wut in mir zu kochen begann. Warum hockten wir hier und vertrödelten Zeit, wo es doch noch so viel zu tun gab!
„Hennes hat Recht“, entschied Schmackes. „Keiner geht mehr allein durch die Unterführung, und die von uns, die nicht hinter dem Bahndamm wohnen, kommen den anderen

ein Stück entgegen. Nach der Schule machen wir's genauso. Und richtig mit Protestgeschrei und so. Echtes Kriegsgeheul, ja, und alle haken sich unter. Da möchte ich mal den Göhrke und seine Miezen sehen, hah!"

Dann erklärte ich meinen Plan. Uwe und Schmackes staunten.

Die Schlange schreit

„Die Öffentlichkeit muss aufmerksam werden!", rief ich mit einer Armbewegung, die ich wahrscheinlich bei einer Fernsehübertragung von einer Bundestagsdebatte gesehen hatte. Mein Zorn trieb mich mehr und mehr an. Ich wollte jetzt endlich etwas in Bewegung setzen gegen die Schülermafia und es sollte Wirkung erzeugen. Wie viel Geld hatte ich schon zähneknirschend an den Eintreiber Göhrke und seine gemeinen Buchhalterinnen gezahlt! Dabei bekam ich zu Hause nur ein mickriges Taschengeld, weil mein Vater zu der Zeit keine besonders guten Umsätze machte und weil das Geld, das meine Mutter verdiente, für die Anschaffung eines neuen Wagens zurückgelegt wurde. Und unter solchen Umständen ließ ich Hornochse mir meine paar Kröten auch noch von diesen halbstarken Erpressern wegnehmen! Aber das würde ein Ende haben.

Uwe und Schmackes saßen da mit den roten Punkten auf der Stirn und hörten mir zu. Sie hatten etwas gutzumachen, ich würde mich auf sie verlassen können.

Ich erklärte: „Schilder brauchen wir, Transparente. Ihr wisst schon. So etwas wirkt, da kommt vielleicht sogar das Regionalfernsehen. Wir Armleuchter hätten sofort eine große Schau veranstalten sollen, als die Erpresserei losging. Wir waren zu blöde uns zu wehren!"

Der Heinrich hatte sich gewehrt: für mich. Er und ich, wir waren jetzt am meisten in Gefahr. Aber wenn wir das richtig organisierten und wenn wir fest zusammenhielten, mussten wir doch mit den Gorillas aus der Zehnten fertig werden.

„Wie kommen wir denn an Schilder?", fragte Uwe. „Wir wünschen sie uns vom Weihnachtsmann!" Schmackes grinste und tippte dem Uwe an die Stirn. „Denk doch mal selber nach! Du hast doch dein hübsches Köpfchen nicht nur zum Bratkartoffelnreinstecken. Wie wär's denn mal mit Kappes-Jupp?"

Das war die richtige Idee. Wir tranken noch ein bisschen von unserem abgestandenen Saft, wischten uns das Blut von der Stirn und verließen in den eingeübten Sicherheitsabständen unser geheimes Versteck. Ich ging als Letzter, löschte die Kerze und tarnte die Eingangsluke. Leichter Schwefelgeruch hing im dichten Buschwerk. Die Wolkenschlieren mischten sich mit dem Dampf der Kühltürme und dem Rauch der Schlote. Weit im Westen, wo die Ruhr in den Rhein mündet, klebte ein grauer Dunst wie Nebel. Dort wurde es niemals richtig hell. Vom nördlichen Zubringer summten Autogeräusche zu unserem Zauberberg herauf. Ja, der Berg war eine Insel für uns in dieser großen Stadt. Hier zirpten sogar Grillen.

Uwe und Schmackes warteten bei den verrotteten Bahngleisen im Schatten der verfallenen, gespenstisch leeren Schachtanlagen der toten Zeche Amalie auf mich. Wir machten uns auf den Weg zu Kappes-Jupp.

Eigentlich hieß er Josef Keuß, aber das wusste kaum noch einer. Er konnte lüften, wie er wollte: Der Gestank von Sauerkraut und Kappesgemüse war einfach nicht zu vertreiben aus dem Häuschen mit den feuchten, verschimmelten Wänden, das an die hintere Mauer der Baustoffhandlung gepappt war und in dem es wohl nie richtig warm wurde. Da konnte der Jupp noch so sehr heizen. Aber ich glaube, er wohnte gern dort, weil das Haus ihn an seine Frau erinnerte, die schlimm an Krebs gestorben war und zu deren Andenken er jeden Tag eine Flasche Kornschnaps leerte. Ich weiß, geholfen hat ihm das nicht, die traurigen Gedanken ließen sich nicht mit Alkohol vertreiben, aber dass ihn viele Leute in der Emmastraße immer nur Suffkopp nannten, das fand ich dumm und hartherzig. Was wussten die Leute denn!

Kappes-Jupp war auch Kassierer im Brieftaubenverein, obwohl er selber gar keinen Taubenschlag besaß. Es machte

ihm wahrscheinlich ein wenig Spaß, für etwas verantwortlich zu sein und mit anderen zu reden.
An sich hatte er, wenn ich's richtig bedenke, viel Kontakt mit anderen Leuten, doch er sprach während der Arbeit nicht viel. In seiner Werkstatt reparierte er zu niedrigen Preisen Krankenkassenbrillen, Kinderdreiräder und Radioapparate. Er sorgte auch für drei, vier Gärten und hielt manchmal seltsamen Deutschunterricht für die Türkenkinder aus der Straße. Außerdem spielte er Akkordzither beim Knappengesangverein.
Dann und wann halfen wir ihm für ein paar Groschen Lohn, wenn er etwas zu arbeiten hatte, das seine alten Knochen überforderte. Zimmertapezieren oder Holzsägen zum Beispiel. Er erzählte uns dann kauzige, verworrene Geschichten aus „der alten Zeit", wie er es nannte. Er hatte wohl irgendwann einmal bei einer Behörde gearbeitet, denn er redete viel von Katasteramt und Liegenschaften, Begriffe, die uns Kindern fremd waren. Und er half den Leuten auch, wenn sie schwierige Formulare auszufüllen und komplizierte Anträge zu stellen hatten. Dann schnauzte er immer über die Behördenwillkür und versprach persönlich beim Oberstadtdirektor vorstellig zu werden. Dabei blieb es dann aber.
Auch vom Krieg wusste er zu berichten. Allerdings widersprachen sich da seine Aussagen, und wenn sein Alkoholspiegel hoch genug war, brachte er auch den Ersten und den Zweiten Weltkrieg durcheinander. Doch das durfte man ihm nicht vorwerfen, da entgegnete er nur wutschnaubend: „Krieg ist Krieg. Alles dieselbe Scheiße." Der Cordula hatte er einmal erzählt, er sei schon über hundert Jahre alt, das glaubten wir ihm jedoch nicht.
An diesem Nachmittag bastelte er an der Werkbank am Getriebe eines elektrischen Rollstuhls herum. Dazu pfiff er melodisch selbsterfundene Tonfolgen, die hörten sich an wie Amselgesang. Seine Flasche war noch ziemlich voll.

„Können wir vielleicht ein paar Reste von Hartfaserplatten haben und so'n bisschen Farbe?", fragte Schmackes. „Wir müssen nämlich dringend ein paar Schilder malen."

„Wofür sollen die Schilder sein?", fragte Kappes-Jupp.

„Für eine wichtige Demonstration", sagte ich.

„Aber wenn ihr hinterher die Pinsel nicht sauber macht, holt euch der Teufel!"

„Wir machen doch immer alles sauber", beruhigte ihn Uwe. „Das wissen Sie doch genau."

„Hat sich was", nörgelte Kappes-Jupp. „Und dass ihr mir nur an die Farbpötte mit den Resten geht!" Er brabbelte sich noch allerlei in den Bart, doch wir hörten längst nicht mehr zu, weil wir bereits in das voll gepfropfte Hinterräumchen verschwanden, das Kappes-Jupp großspurig „mein Materiallager" nannte und in das er alle Sachen hineinwarf, die er gerade nicht brauchte. „Lasst die Finger vom Schweißapparat!", rief er uns nach.

Hartfaserplatten und Pressspan in allen Größen fanden wir in Massen, auch Tapetenreste und angeschmuddelten Plakatkarton. Und je mehr flammende Aufrufe wir mit den Ölfarbenresten und Acryllacken hinpinselten, desto heftiger gerieten wir in Fahrt. Uwe hatte sein dunkelblaues T-Shirt schon bald in einen regenbogenfarbenen Malerkittel verwandelt und auch sein ehemals blondes Haar schillerte seegrün und tomatenrot.

Schmackes musste leider sein schönstes Plakat wieder schwarz überstreichen, weil er sich eiskalt über die Regeln der Rechtschreibung hinweggesetzt und „Färkel" und „Brächmittel" und „Kätscher" geschrieben hatte. In das Ä schien er sich verliebt zu haben, doch dann hätte er das Wort „Solidarität" beinahe mit einem E am Schluss geschrieben. Prächtig sahen die Buchstaben aber aus, die Schmackes malte.

Als Kappes-Jupp später auf wackligen Beinen in der Tür stand und mit schwerer Zunge fragte, ob die Maler Rem-

brandt, van Gogh und Picasso endlich mit ihren Kunstwerken fertig seien, da hatten wir die Arbeit tatsächlich geschafft: drei Transparente, jede Menge Tapetenplakate und einen beschrifteten Überwurf für Bauch und Rücken eines Sandwich-Mannes. Die leuchtenden Farben waren schon gut angetrocknet.
„Danke für die großzügige Hilfe!“, rief ich über die Schulter, als wir schwer bepackt davoneilten.
„Re-re-rechnung schick ich per Ei-eilboten!“ Kappes-Jupp lachte.
Wir schafften das Material für unsere Demonstration zu uns nach Hause in den Keller. Schmackes und Uwe versprachen, am nächsten Morgen schon vor sieben Uhr zur Stelle zu sein und Till, Sanne, Cordula, die Zwillinge Ismail und Orhun und Manni Küpper mitzubringen.
„Dann sind wir schon eine ganz starke Mannschaft“, meinte Uwe.
Ich hatte meine Zweifel. Ob die wirklich schon so früh am Morgen kommen würden? „Vergesst nicht, dass die alle extra einen Riesenumweg machen müssen“, gab ich zu bedenken.
Schmackes winkte lässig ab. „Ich organisiere das schon. Das ist doch ein Klacks. Ich rufe die nacheinander an und ...“
„Bei Orhun und Ismail zu Hause gibt es kein Telefon“, sagte ich und dachte gleichzeitig daran, dass Schmackes’ Eltern mit den vielen Telefonaten des Hantelstemmers bestimmt nicht einverstanden sein würden.
Uwe schnipste mit den Fingern. „Na und? Dann geh ich jetzt eben bei Orhun und Ismail Bescheid sagen. Ich schätze, die sind im Hof beim Pingpong-Spielen.“
Mir sollte es recht sein! Und dieses Mal würden mich meine Blutsbrüder gewiss nicht im Stich lassen. Ich überlegte: Ob ich die Gerda vielleicht dazu bringen kann, dass sie den Rolf Bosse becirct, bei unserer Aktion mitzumachen? Der

war immerhin Schülersprecher und musste auch den Weg durch die Bahnunterführung gehen. Außerdem würde ich mich mit ein paar Leuten aus der Sieben in Verbindung setzen. Ja, da war jetzt viel zu tun.

Eins machte mich allerdings kribblig. Den Heinrich konnten wir nämlich nicht verständigen. Dabei war es doch wichtig, dass der auch schon früh genug auftauchte, um sich unserer Schlange anzuschließen. Nur: Wo wohnte der Heinrich? Ich hatte ja auf keinem der Bücher und Hefte seine Anschrift gefunden. Auch wenn seine Familie schon einen Telefonanschluss hatte, obwohl die Swiegockis erst frisch in unsere Stadt gezogen waren: Dann stand der Name ja noch nicht im Telefonbuch. Und wenn ich's bei der Auskunft versuchte? Die würden fragen: Wie heißt denn der Vorname des Herrn oder der Frau Swiegocki? In welcher Straße wohnt der Teilnehmer denn? Fehlanzeige also!

Zum Abendessen gab es bei uns Fleischklößchensuppe. Ich erinnere mich so genau daran, weil Bettina ihren Löffel in die Schüssel fallen ließ und sich dann die Finger verbrannte, als sie sich ein paar Extraklößchen fischen wollte. An anderen Tagen hätte mich das auf die Palme gebracht, weil man die Klößchen bekommt, die in der Schöpfkelle sind. Wo kommen wir denn hin, wenn die einen nur Suppe und die anderen die leckeren Fleischklößchen auf dem Teller haben! An diesem Abend achtete ich gar nicht darauf.

„Geht es dir nicht gut, Hennes?“, fragte mich die Mutter. Dann schaute sie zum Vater hinüber. „Ob der Junge was in der Haut hat? Isst ja kaum den Teller leer!“

Mein Vater löffelte vor sich hin und starrte schweigend die Wand an. War sein Nachmittag erfolglos gewesen? Seit Wochen lief es nicht gut bei ihm. Er hatte nämlich nur eine Untervertretung. Das erwähnten die Eltern zwar nicht vor meinen Schwestern und mir, doch wir wussten es. Manchmal tat uns der Vater sehr Leid, wenn er erschöpft und deprimiert heimkam.

Ich sprach später mit Gerda, aber sie behauptete, sie habe zur Zeit keinen Draht zu Rolf Bosse. Wahrscheinlich hatte es da wieder einmal ein Eifersuchtsdrama gegeben. Wer kennt sich denn schon bei den Mädchen aus, wenn sie in einem gewissen Alter sind!

In meinem Zimmer hörte ich mir noch eine alte Kassette mit Bo Hanssons „Lord of the Rings“ an, war aber nicht recht bei der Sache. Ich ließ auch Titus, den neuen Nymphensittich mit dem herrlichen Federkrönchen, noch einige Ehrenrunden durch das Zimmer drehen und meinen Tisch bekacken, redete ihm – leider erfolglos – noch und noch das Wort I-di-ot vor, löschte dann das Licht, vernahm das undeutliche Fernsehgebrabbel aus dem Wohnzimmer, dachte an Heinrich, war müde und konnte nicht einschlafen. Da röhrten auch Mopedfahrer vor unserem Haus herum und drehten ihre Mühlen bis zum Gehtnichtmehr auf.

Eine Art Halbschlaf überfiel mich später. Eine Mischung aus Traum und Überwachheit: Da ging mir wirres Zeug durch den Kopf, an das ich mich, wenn ich aufschreckte, aber nicht erinnern konnte. Dann, weit nach Mitternacht, hatte ich Mühe, mir Heinrichs Indianergesicht vorzustellen. Einmal dachte ich auch: Und wenn ich wirklich krank bin? Mir bricht doch am ganzen Körper der Schweiß aus. Ich kann unmöglich zur Schule gehen. Kamillentee werde ich schlürfen, kalte und warme Umschläge werde ich mir anlegen lassen, einen Zwieback werde ich hinunterwürgen. Aber zur Schule werde ich unmöglich gehen können. Was auch geschieht: Ich kann mich leider nicht darum kümmern. Wenn die Demonstration misslingt, wird es nicht an mir liegen.

Unsinn solch ein Gedanke!

Das alles war meine Idee gewesen, also hatte ich die Verantwortung. Wir hatten uns Blutmale auf die Stirn getupft.

Mit dieser Zeremonie spaßt man nicht. Weg mit der

Krankspielerei! Ich wollte kein Feigling sein. War Heinrich etwa ein Feigling gewesen?

Als es dämmerte, saß ich längst angezogen auf dem Bett und paukte Englischvokabeln. Es konnte gut sein, dass die Schlesinger einen Test schreiben ließ. Noch eine schlechte Zensur konnte ich mir nicht leisten. Sie kündigte die Tests zwar niemals vorher an, aber ihre Andeutungen hatte ich verstanden. Gewiss, ich war aufgeregt zu dieser frühen Stunde, doch die Wörter und Sätze drangen bis ins Gehirn vor.

The teacher got angry with a girl. The girl, the teacher got angry with, was Jill Smith. – Na, meinetwegen.

Später hörte ich das leise Gemaule meines Vaters aus der Diele. Ihm dauerten Gerdas stundenlange Schönheitstänze im Badezimmer zu lange. Das war an jedem Morgen so. Als er in die Küche ging, um Kaffee zu kochen, schlüpfte ich aus der Wohnung. Meine Mutter würde schön staunen, wenn sie nachher mit dem nassen Waschlappen kam, um den Langschläfer Hennes aus dem Bett zu scheuchen.

Es war noch weit vor sieben Uhr, doch ich trug schon einmal die Plakate und Transparente aus unserem Keller und lehnte sie im Hausflur an die Wand. Conny Hohlmann, die in Kowalskis Konditorei als Bedienung arbeitete, verdrehte neugierig die Augen, als sie die Treppe herunterkam, doch lesen konnte sie unsere Protestparolen nicht, weil die Schilder auf dem Kopf standen.

Ob Uwe, Schmackes, Cordula, Till und all die anderen wirklich kommen würden? Laut schepperte bereits der Verkehr auf den Straßen.

Ja, sie kamen!

Singend kamen sie, grölend, lachend, Schlachtrufe ausstoßend. „Hi-ha-ho, Göhrke ist k.o.!“ – „Icke-acke-ucke, Waller kriegt’s auf die Hucke!“ – „Mi-ma-mu, Astrid ist ’ne Kuh!“ Wahrscheinlich marschierten sie im Takt mit einem Fuß auf dem Bürgersteig und mit dem anderen auf der

Straße. Ich hörte Geschimpfe aus den Nachbarhäusern. Das war typisch. Wenn ein paar Kinder schreien, hängen sie sofort in den Fenstern und empören sich, aber gegen die dicken Lastwagen und gegen die Motorradrocker lehnten sie sich nicht auf, da trauten sie sich nicht.
Schnell lief ich auf die Straße hinaus und winkte.
„Alles klar, Hennes?“, schrie Schmackes.
„Alles klar!“, rief ich zurück.
Till, Cordula, Uwe, Sanne und die Schülerinnen und Schüler, die sich unterwegs angeschlossen hatten, quollen mit Schmackes in unseren Hausflur und lärmten. Nun musste es schnell gehen, denn ich konnte mir keinen Zoff mit den Hausbewohnern leisten.
Ja, das war für mich wirklich ein Fest, als wir in langer Schlange in Richtung Bahnunterführung zogen! Vornweg der dünne Schmackes. Auf sein Schild war eine schwarze Faust gemalt, die konnte man richtig erkennen. Darunter stand geschrieben: *Wir wehren uns gegen die Knilche von der Mafia!* Uwe ging als Sandwich-Mann. Vorn konnte man lesen: *King Charly und Göhrke und Waller sind feige Gangster, die klauen Kindern Geld!* Und auf der Rückseite stand: *Die Hilde und die Astrid sind richtige Diebinnen!* Ich streckte mein Transparent so hoch ich konnte: Alle halten zusammen gegen die Schläger und Klauer von der 10 C!
Wirklich, es war ein Fest. Überall blieben die Leute stehen und machten Stielaugen. Auf ihren verdutzten Gesichtern war die Frage zu lesen: Was hat denn diese Demonstration zu bedeuten? Viel hätte nicht gefehlt, dass ein paar Autos ineinander geknallt wären.
Unsere Schlange wurde lauter und lauter. Wir schrien uns geradezu heiser. Alle Wut und alle Furcht legten wir in unsere Schreie. Das war ein starkes Gefühl.

Auf dem Kriegspfad

Unsere Schlange wurde immer länger. Mindestens vierzig Mädchen und Jungen bildeten die Reihe, und ständig kamen neue Demonstranten dazu. Da liefen auch ein paar aus den höheren Klassen mit und ließen sich von uns berichten, was für ein ausbeuterisches Spiel die Wegelagerer mit uns getrieben hatten.

Cordula und Bogdan, die die schrillsten Trompetenstimmen hatten, leiteten die Sprechchöre. Sie schrien: „Gegen die gemeinen Klauer ..."

Und wir anderen fielen im Chor ein: „Solidarität!"

Unsere Schreie waren Musik in meinen Ohren, ja wirklich. Und wir übertönten alles Gehupe und Geknattere und Straßenbahngebimmel. Da konnten die Autofahrer ruhig schnauzen und mit den Fäusten drohen: Wir gaben die Straße nicht frei. Ich sagte mir, dass eine wichtige Demonstrationskundgebung immer Vorfahrt habe. Deutlich sah ich, dass auch Ismail und Orhun unseren Protestmarsch genossen. Sie gehörten zu uns. In unserer Klasse hat es damals so etwas wie Ausländerfeindlichkeit nicht gegeben, aber das war nicht in allen Klassen so. Zwar liefen zu dieser Zeit noch keine Skinheads herum, doch die ersten fanatisierten Neo-Nazis rotteten sich bereits in unserer Schule zusammen. Ich weiß, dass der Franzose sich große Sorgen machte. Als der Jule aus unserer Fußballmannschaft einmal das Wort Kümmeltürke sagte, hätte der Franzose ihm um ein Haar die Ohren abgerissen. Jule verteidigte sich, er habe sich doch nichts dabei gedacht, doch das ließ der Franzose nicht gelten. Sein Lieblingsausspruch war: Erst denken, dann reden.

Die bemalten Tapetenplakate hatten wir verteilt. Jeder konnte lesen, was da mit grellen Farben geschrieben stand:

Schluss mit den Erpressungen!
Wir zahlen keine Miete mehr, wir setzen uns zur Wehr!
Wehrt euch gegen die feigen Diebe!
Gelderpresser kriegen Tomaten an die Rüben!
Einigkeit macht stark!
Haltet zusammen, ihr Mafia-Opfer!
Jetzt zeigen wir's den schrecklichen Miezen!
Zieht dem Göhrke die Lederjacke aus!

Mir schmerzte der Hals vom Schreien, aber ich schrie lustvoll weiter. Ja, ich brüllte mir alle Angst und alle Wut aus dem Bauch. Viele von uns trommelten jetzt mit den Fäusten rhythmisch auf ihre Schultaschen. Der Polizist an der Kreuzung traute offenbar seinen Augen nicht, als er unseren Zug kommen sah. Verschreckt rannte er zu seinem abgestellten Motorrad und redete aufgeregt in die Sprechmuschel seines Funkgerätes hinein. Doch da waren wir schon weitergezogen.
„Gegen die gemeinen Klauer ..."
„Solidarität!"
Wie das hallte, als wir im Tunnelgewölbe der Bahn angekommen waren! Wie furchtsam war ich manchmal durch diese Unterführung geschlichen! Heute war es umgekehrt, heute warteten nicht die Mafiatypen auf uns, heute warteten wir auf die.
Ich wartete allerdings vor allem auf Heinrich.
„Kann ja sein, dass der Heinrich gar nicht kommt", meinte Uwe. „Vielleicht bringt sein Vater oder seine Mutter ihn mit dem Auto zur Schule. Ich könnte mir auch gut vorstellen, dass er in ärztlicher Behandlung ist und im Bett liegen muss." Schmackes nickte dazu, äußerte dann sogar den Verdacht, dass Heinrich vielleicht längst im Krankenhaus liege. „Das können doch innere Verletzungen sein, was der Catcher ihm gestern angetan hat. Leberschaden oder Rippenbrüche oder geplatzte Milz oder so. Ich hab mal gehört ..."

Ich hörte nicht hin, weil ich mich nicht verunsichern lassen wollte von all dem Gerede. Immer wieder redete ich mir zu: Der Heinrich kommt! Der Heinrich kommt!
Aber zuerst einmal kam Göhrke. Er legte sich angeberisch mit seinem Moped in die Kurve und vollführte eine pomadige Vollbremsung vor seinem Stammplatz am Zeitungskiosk, wo er immer auf uns wartete, um denjenigen oder diejenige abzufangen, von dem oder von der Rückstände einzutreiben waren.
Da sah er uns!
Catcher Göhrke gaffte uns zuerst verständnislos an, erkannte plötzlich, was diese Menschenschlange zu bedeuten hatte und versuchte noch, mit dem Moped durchzustarten. Aber wir kreisten ihn ein. Die Schlange wickelte sich um ihn. Und wie wir schrien! O Mann! Und einige von uns schickten sich an, Göhrkes Maschine in Einzelteile zu zerlegen, doch da erschienen auf einmal – zu Göhrkes Glück – die Swetlands. Sie unterrichtete Physik und Chemie, er gab Sozialkunde und Deutsch. Wirklich, wenn die Swetlands in diesem Moment nicht gekommen wären, hätte es böse ausgesehen für Göhrke und seinen Feuerstuhl. Natürlich wollten die Swetlands sofort wissen, was sich hier abspielte.
Hah, wozu hatten wir denn die Schilder gemalt! Da konnte ja wohl jeder lesen, was sich hier abspielte. Zum Erklären hatten wir sowieso keine Zeit mehr, und wir waren auch viel zu aufgeregt dazu, weil nämlich Waller und Astrid gerade bei der Ampel die Straße überquerten. Wir strömten ihnen mit Geheul entgegen. Die beiden hielten die Münder aufgesperrt und erstarrten zu Salzsäulen. Astrid schrie dann irgendetwas.
Ein richtiger Volksauflauf war das inzwischen geworden. Der Motorradpolizist kam auch getuckert und ruderte mit einer Leuchtkelle herum. Wir hatten inzwischen die Hilde umzingelt. Die heulte! Das war der Gipfel. Wenn von uns

einer geweint hatte, war sie es immer gewesen, die am gefühllosesten lachte. Und jetzt spielte sie die arme weiße Prinzessin unter wilden Kannibalen. Meine Triumphgefühle kühlten ab. Dies war abstoßend und eklig.

Nur King Charly entwischte uns. Er saß auf dem Sozius einer schweren BMW, und als er die Szene überschaute, gab er dem Fahrer hastig ein Zeichen. Der drehte voll auf und raste bei Rot über die Kreuzung davon. Der Polizist schrieb das Kennzeichen auf.

Wo Heinrich nur blieb!

Die Menge der Demonstranten setzte sich nun in Richtung Schule in Bewegung. Eltern hatten sich angeschlossen, weitere Lehrer, auch einige neugierige Passanten. Da redeten alle durcheinander. Die Schulkonferenz müsse tagen, die Schulpflegschaft müsse sofort eingeschaltet werden, auf der Stelle sei eine Lehrerkonferenz einzuberufen, die Kripo habe sich um das alles zu kümmern. Aus den Sprechchören war Gejohle und Gelache geworden, aber Cordulas helle Stimme hörte ich noch immer aus dem Lärm heraus. Sie jubelte ihre Solidaritätsschreie. Der Polizist ruderte mit seinen Armen eine Bresche in die Menschenmenge und rief irgendwelche Befehle, doch wir übertönten ihn mühelos.

Ich mogelte mich aus der Schlange und blieb ein paar Schritte zurück. Wo Heinrich nur blieb! Ich zweifelte nicht daran, dass Heinrich kommen würde.

„He, Hennes, komm weiter!“ Schmackes wollte mich am Jackenärmel mitziehen.

„Ich muss auf den Heinrich w...“

Da plötzlich sah ich Heinrich. Er kam mit schnellen Schritten. Es verschlug mir die Sprache, als er näher heran war und ich endlich genau erkennen konnte, was er da in der Hand trug. Der Apache Heinrich erschien nämlich bewaffnet! Ein Häuptling auf dem Kriegspfad: Dieser Gedanke schoss mir in den Kopf. In der rechten Hand schwang Heinrich einen Knüppel, der sah aus wie die Kriegskeule des Allerletzten der Mohikaner. Das war doch nicht zu fassen! Der Heinrich kam da in Waffen durch den Tunnel getrabt, als sei das eine ganz und gar normale Angelegenheit. Der eine hat einen Schirm bei sich, der andere eben eine Keule: so etwa. Ich bin sicher, der Heinrich hätte sich der gesamten Mafia zum Kampf gestellt. So ein Spinner! Er hätte doch nicht den Hauch einer Chance gehabt. Das war nicht Mut, sondern Torheit. Jedenfalls dachte ich das, als ich den Heinrich kommen sah. Da wusste ich noch nicht, dass schon bald der Tag da sein würde, an dem ich Heinrichs irrwitziges Verhalten verstehen konnte.

„Mensch, Heinrich!“, staunte Schmackes. Da klang eine Menge Hochachtung mit. „Hast du dir von Rübezahl den Knüppel ausgeliehen?“

Ich erschrak, als ich Heinrichs Gesicht jetzt aus der Nähe sehen konnte. Unter seinem rechten Auge war die Haut fast schwarz angelaufen, das stammte sicher von einem schweren Bluterguss. Der Nasenflügel schien eingerissen zu sein. Eine verkrustete Linie lief bis zum Mundwinkel hinunter.

„Hättest du dich wirklich gegen die gewehrt?“, fragte Schmackes mit ungläubigem Staunen.

„Worauf du dich verlassen kannst“, antwortete Heinrich gelassen. „Ich wehre mich immer. Ich lass mir von niemandem was gefallen.“

„Und wenn die dich wieder verprügelt hätten?“ Ich reichte dem Heinrich seine Segeltuchtasche.

Heinrich fasste den Knüppel so fest, dass seine Fingerknöchel weiß wurden. Beinahe leise sagte er: „Da hab ich schon ganz andere Prügel gekriegt.“ Dann spuckte er aus.

Was meinte er damit? Ich konnte das nicht verstehen. Wir nahmen den Heinrich in die Mitte und hasteten den anderen nach, die inzwischen unter gellendem Gekreische den Schulhof erreicht hatten.

Ich hätte dem Heinrich so gern gesagt, dass ich ihm dankbar sei, weil er sich auf meine Seite gestellt hatte, weil er mich verteidigt hatte, aber ich traute mich nicht. Ob ich dachte, dass er vielleicht nur spöttisch lächeln würde?
Scheute ich mich davor? Ich weiß es wirklich nicht mehr.
Heinrich ließ seine Keule über das Straßenpflaster schleifen und hörte Schmackes schweigend zu, als der aufgeregt und gestenreich von unserer Strategie berichtete.
„Sooo klein mit Hut waren die vorhin!“, schwärmte Schmackes und zeigte die Schrumpfmaße der Brutalinskis mit Daumen und Zeigefinger an. „Wenn die sich noch mal an Jüngeren vergreifen, na! Die verarbeiten wir dann zu Krüllschnitt und rauchen sie in der Pfeife. Von denen lassen wir uns nichts mehr gefallen, das kannst du mir glauben. Der Zug ist abgefahren!“
„Wurde ja auch Zeit“, sagte Heinrich und verzog sein Gesicht nicht ein bisschen dabei. „Man darf gar nicht erst anfangen sich was gefallen zu lassen. Wenn man erst mal damit anfängt ...“
Ich spürte, dass er eigentlich noch mehr sagen wollte, aber er sagte nichts mehr. Er sagte auch im Direktorzimmer kaum etwas, wo wir fünf Minunten später aufgereiht wie eine Fußballmannschaft standen und dem sprachlosen, entsetzten Direktor Spölten Bericht erstatten mussten.
Der massige Direktor Spölten mit den buschigen Augenbrauen unter der Glatzenstirn schaute uns an wie ein trauriger Uhu und konnte all das, was er nun erfuhr, zunächst kaum fassen. „Schülermafia! Was für ein Wort! Dass es so etwas geben kann – in meiner Schule! Dass Schüler von ihren eigenen Mitschülern Geld erpressen! Das ist doch ... Das ist doch ...“ Nein, er sagte nicht, was das ist, doch wir wussten es ja selber. Direktor Spölten war an diesem Morgen im Sinne des Wortes fassungslos. Auch die Swetlands, auch der Franzose, auch der Klassenlehrer von der 10 C: Sie fassten es alle nicht.

Der Franzose schaute mich an und schüttelte den Kopf. „Hennes, Hennes! Was für Blödmänner ihr doch seid! Warum habt ihr mir nichts davon gesagt? Habe ich euch einen Grund gegeben, dass ihr kein Vertrauen zu mir habt?“
Natürlich schämte ich mich, doch nur ein wenig. Der Franzose hatte gut reden, der steckte ja nicht in meiner Haut. Das war doch alles nicht so einfach gewesen. Ich wollte widersprechen, doch ich hatte plötzlich einen seltsam bitteren Geschmack im Mund und konnte nicht richtig schlucken.
Direktor Spölten hatte es inzwischen geschafft, sein bestürztes Gesicht in ein grimmiges Gesicht zu verwandeln. „Und jetzt werden wir einmal mit den Früchtchen aus der Zehn Schlitten fahren, dass die Heide wackelt! So etwas ist mir in all den langen Dienstjahren noch nicht untergekommen. Schülermafia! Ist denn die ganze Welt verrückt geworden?“
„Vielleicht“, sagte der Franzose, aber das konnte nur ich hören, weil ich dicht neben ihm stand.
Wir wurden hinausgeschickt. In unserer Klasse war natürlich der Teufel los. Den Indianer Heinrich begrüßten sie mit lautem Klatschen. Petra überreichte ihm eine Rose, die war allerdings schon ein bisschen verwelkt.
„Vor denen haben wir jetzt Ruhe!“, jauchzte Uwe. „Die werden jetzt zur Schnecke gemacht. Der Direx haut die ungespitzt in den Boden. Vor denen braucht keiner mehr Schiss zu haben.“
Die Schmetterlinge kribbelten in meinem Magen, das war kein gutes Zeichen. Nein, ich war nicht Uwes Meinung.
Eine Weile würden wir Ruhe haben vor dem King und seiner Gang, gewiss. Aber bestimmt nur eine Weile. Die würden nachtragend sein wie Elefanten. Dass die sich für die Niederlage rächen würden, das stand für mich felsenfest. Ich dachte: Da wette ich meinen Blinddarm gegen zehn Knackwürste, dass die sich rächen werden! Heinrich und

ich: Wir mussten besonders auf der Hut sein. Heinrich stieß mich mit dem Ellenbogen an. „Sag mal, Hennes, können wir heute Nachmittag mal so'n bisschen Mathe üben? Ich mein, falls du Lust hast."
„Du hast Nerven!" Ich musste laut lachen. „Klar, Heinrich, heut Nachmittag üben wir Mathe."

Winkel Alpha im Bauch des Berges

War das ein strahlender Herbst! Wir verlebten wunderbare Nachmittage auf unserem Zechenberg. Wir: Schmackes, Uwe, Cordula, Sanne und ich. Und Heinrich! Heinrich gehörte längst dazu. Er war in das Geheimnis der Höhle eingeweiht worden und hatte – wenn auch mit leichtem Grinsen – den blutigen Eid geschworen. Den Mädchen hatten wir nicht mehr die Augen verbunden. Unter uns war kein Verräter.

Manchmal rösteten wir uns Brotwürfel und Wurstscheiben über kleinen rauchlosen Birkenholzfeuern. Wir kochten Tee aus Hirtentäschelkraut und duftender Minze, buken Maisfladen wie die Gauchos und hörten zusammen Countrymusic und Western-Songs aus Sannes Recorder an. Manchmal lauschten wir auch melancholischen Klängen der Panflöte oder trommelten die Rhythmen der Rolling Stones auf Blechdosen und Steinplatten mit. Wir hätten auch gern selber Musik gemacht und eigene Melodien gespielt, doch leider besaß niemand von uns ein Instrument.

Alles, was wir mitbrachten auf den Berg, wurde geteilt: Cola und Kekse, Reibekuchen und Kaugummis, Schokoriegel und Bananen ... Einmal brachte Schmackes eine Pfeife und eine Handvoll Tabak mit, aber das artete in eine Katastrophe aus. Da war Cordulas Idee mit dem selbst gebackenen Pflaumenkuchen – matschig oder nicht – schon besser.

Wir lasen uns auch abwechselnd aus Büchern vor, die von fremden und fernen Ländern handelten. So träumten wir uns in den Dschungel von Sri Lanka und in die Wüste Gobi, so durchquerten wir auf schwankenden Dromedaren die Kalahari, so durchlitten wir die Eiswände am Nanga Parbat, so preschten wir auf schnellen Mustangs über die Prärien von Colorado, so schossen wir in Büffelhautkanus die Stromschnellen der Flüsse Alaskas hinunter.

Es kam auch vor, dass wir reihum selbsterfundene Geschichten erzählten. Heinrich konnte das eindeutig am besten. Wenn der seine Fantasie spielen ließ, o Mann! Ich glaube, er hatte schon viel mehr Bücher gelesen als wir anderen. Nur wenn wir uns ausmalten, was wir später einmal unternehmen würden, wenn wir die Schule hinter uns hätten, schwieg Heinrich. Er hörte uns anderen zwar aufmerksam zu, doch eigene Pläne verriet er nicht. Mir fiel das erst später auf. Merkwürdig.

Uwe zum Beispiel wollte Afrika von Norden nach Süden im Jeep durchqueren. Cordula wollte mit, Sanne zuerst auch. Doch dann kam sie auf die Idee, dass es ihr doch mehr Spaß machen würde, ganz allein im Regenwald von Mexiko Inkatempel zu entdecken. Schmackes hatte sich für Australien entschieden. Er wollte Filme über Koalas und Kängurus und gefährliche Krokodile drehen, nach Smaragden graben und stinkreich werden. Ich fragte ihn, ob es denn in Australien Smaragde gebe, und er meinte, in Australien gebe es Smaragde und Saphire und alle anderen Arten von Edelsteinen, man müsse eben nur gründlich genug danach suchen.

Ich konnte mich nicht recht entscheiden. Einerseits spukten mir endlose Schiffsreisen unter tropischer Sonne im Kopf und schimmernde Palmeninseln mit Hula-Hula-Frauen: Tahiti, Samoa, Sumatra. Andererseits schwärmte ich für die Schafzucht auf Feuerland und für Antarktisdurchwanderungen, ja, und dann sollten meine Abenteuer auch irgendwie mit Pferden zu tun haben.

Heinrich schwieg.

Doch wenn es um Handfestes ging, war Heinrich geschickt wie ein alter Waldläufer. Er zeigte uns, wie man das Wasser der Köttelbecke mit Schlamm staut, und wenn es noch so teuflisch nach Chemie stank. Er knüpfte Seemannsknoten und nannte zahlreiche Pflanzennamen. Er wusste auch die Namen der Insekten, die auf den warmen Steinen des

Zechenberges herumkrabbelten. Ich glaube, er wusste sie wirklich! Heinrich konnte leicht ohne Papier ein Feuer entzünden, er zeigte uns Sternbilder und baute aus Stöcken und Kordeln ein Gerät, mit dem wir die Windgeschwindigkeit messen konnten.

Silbrige Altweibersommerfäden hingen in zauberhaften Mustern zwischen Himbeerranken und Birkenzweigen. Hin und wieder bildete ich mir ein, die Bisons auf der Steppe schnauben zu hören, doch es waren nur die Motorengeräusche vom Autobahnzubringer. Wir fühlten uns glücklich in diesem strahlenden Herbst.

Manchmal traf ich mich nur mit Heinrich in der Höhle. Dann übten wir bei Kerzenschein Geometrie im Bauch des Berges, obwohl draußen vor dem Einstieg die Sonne gleißte. Winkel Alpha hat x Grad, die Scheitelhöhe hat y Zentimeter, die Summe der Winkel ist ... Heinrich hatte einen gewaltigen Nachholbedarf und war voll Eifer bei der Sache. Was für eine seltsame Schule musste er wohl vorher besucht haben! Ich fragte ihn mehrmals danach, er wollte es aber nicht sagen. Er wich überhaupt fast allen Fragen aus, die mit ihm selber zu tun hatten.

Mir war die Überei in der Höhle reichlich unbequem. „Lass uns zu mir nach Hause gehen!“, schlug ich vor.

Heinrich sträubte sich.

„Sollen wir zu dir nach Hause gehen?“

Auch das wollte Heinrich nicht. Fast erschreckt schaute er mich an, dabei war das doch nur eine ganz einfache Frage.

Ich fühlte, dass da irgendetwas nicht stimmte. Wahrscheinlich hätte ich Heinrichs Entscheidungen einfach hinnehmen sollen. Aber wer zeichnet schon gern im Knien auf einem wackligen Ziegelstein bei funzligem Kerzenlicht Parallelogramme und Dreiecke! Wem macht es schon Spaß, mit der Nase im Buch die Zahlen und Buchstaben zu entziffern! Kopfschmerzen bekam man davon und Augenflimmern.

Die Frage quälte mich geradezu: Warum wollte der mutige Indianer Heinrich nicht mit zu mir nach Hause? Warum war er plötzlich so scheu? Oder fürchtete er sich vor irgendetwas? Und da ergab sich auch gleich die nächste Frage: Warum konnte ich nicht mit zu ihm nach Hause gehen? Die Fantasie spielte mir alberne Spukideen zu. Vielleicht war sein Vater ein Vampir, vielleicht spukte seine Mutter als Hexe in einem verfallenen Schloss und kochte Kröten in riesigen Töpfen, vielleicht hatten seine Geschwister Wolfsköpfe und fraßen Kinder. Oder so: Heinrich wohnte auf einem Piratenschiff, in einem geheimen Spionagenest, in einer Räuberhöhle, in einer Mördergrube, in einer Opiumhölle, in einer Mädchenhändlerspelunke ...

Unsinn! Quatsch! Schauermärchen!

Aber ich fühlte, dass da etwas nicht ganz geheuer war. Warum gab der Heinrich wieder und wieder ausweichende und irritierende Antworten, wenn wir fragten: In welcher Straße wohnst du eigentlich? Und wenn wir über unsere Familien sprachen, über die Brüder und Schwestern, schien Heinrich offenbar nie genau zu wissen, wie viele Leute sie zu Hause waren. Mal hatte er zwei Brüder, dann drei, dann eine Schwester, dann auf einmal mehrere Schwestern, und deren Alter wechselte anscheinend auch von Tag zu Tag.

Einmal sagte ich: „Du, mein Vater ist schlimm sauer. Der arbeitet als Vertreter und macht zur Zeit miserable Umsätze. Kannst du dir vorstellen, was für ’ne Stimmung bei uns zu Hause herrscht? Ich hoffe bloß, das ändert sich bald, sonst zieh ich aus. – Und dein Vater? Sag mal, was macht der denn so beruflich?“

Heinrich zuckte mit den Schultern. „Och – mal dies, mal das.“ – „Weißt du’s etwa nicht?“ – „Na, so Kaufmännisches. Büroarbeit und so. Export, Import. So in der Art.“

Daraus sollte ein Mensch schlau werden! Solch eine Antwort war überhaupt keine Antwort. So Kaufmännisches!

Das war doch nur so dahingeredet. Argwohn schlich sich in

meine Gedanken. Der sagte doch nicht die Wahrheit, der Heinrich. Warum log er mich an? Wir waren doch Freunde! Vor Freunden hat man doch keine Heimlichkeiten.
Wenn ich abends im Bett lag und Titus auf meinen hochgestreckten Füßen turnen ließ, dachte ich angestrengt über Heinrichs Ausflüchte nach. Ob er sich aus irgendeinem Grund schämte? Vielleicht war sein Vater arbeitslos und da schämte Heinrich sich. Aber das war doch dumm! Die Eltern von einigen Jungen und Mädchen aus unserer Klasse hatten ihre Arbeitsplätze verloren. Wir sprachen offen darüber, denn das ist noch nichts Ehrenrühriges. Was kann denn zum Beispiel ein Arbeiter dazu, dass das Walzwerk geschlossen wird? Heinrich konnte doch einfach sagen: Mein Vater kriegt zur Zeit nur Arbeitslosengeld. Was war denn dabei!
Dann überlegte ich: Heinrich ist doch kein Feigling. Der doch schon gar nicht. Ich erinnerte mich auch, dass Heinrich eifrig genickt hatte, als Sabine schimpfte: „Stellt euch die Sauerei vor! Die Prawutt AG hat Konkurs angemeldet! Einfach so aus heiterem Himmel. Die Bosse haben das eiskalt geplant, aber den Arbeitern haben sie's erst auf den letzten Drücker gesagt. Alle Schweißer stehen jetzt auf der Straße. Mein Vater auch. Der ist der beste Schweißer von allen. Das ist doch wirklich eine Sauerei!" – Ja, da hatte Heinrich genickt. Immer wieder erklärte jemand aufgeregt: Gestern haben sie meinen Vater entlassen. Oder einer kam mit der Nachricht, dass die Mutter den Job bei Stumpe-Electronic verloren habe. *Freistellen*: So wurde das genannt. Wir lachten über das blöde Wort.
Wenn wir über Geometrie oder Schalkes Formkrise, über die Launen des Franzosen oder Cordulas sprießenden Busen laberten, hielt Heinrich kräftig mit. Über Meerschweinchen, Schlagerrallyes und unregelmäßige Englischverben konnten wir reden. Da gab es keine Probleme. Wir flämmten Brennnesselfelder, beobachteten die Falken bei den Kühl-

türmen, pfiffen den blondierten Frauen aus Klapphakes Frisörsalon nach, klauten Äpfel und hörten uns stundenlang Schallplatten in den Fonoläden an. Heinrich machte mit, hatte mit uns seinen Spaß, nahm lebhaft teil an unserem lauten Gequatsche. Aber bei gewissen Themen schaltete er sich einfach aus, hatte Sendepause, schien gar nicht anwesend zu sein. Manchmal konnte ich den Heinrich nicht verstehen, dabei hätte ich sein Verhalten so gern verstanden, denn wir waren doch Freunde.

Schmackes begann dann an einem Mittag stockend zu reden, als wir uns beim Bahntunnel von Heinrich, Uwe, Mirjam und ein paar Leutchen aus der Siebten verabschiedet hatten. Noch hielten wir es ja eisern durch, dass wir nur in Gruppen durch die Unterführung gingen. Zwar trauten die Mafiosi sich nicht mehr an uns ran, aber man konnte ja nie wissen ...

„Du ... Dass der Heinrich ... Also, dass der jeden Tag in eine andere Richtung geht, das finde ich ganz komisch." Schmackes schaute mich mit schief gelegtem Kopf wie ein Gockelhahn an. „Ist auch komisch", antwortete ich.

„Warum macht er das?", fragte Schmackes gedehnt. „Du müsstest das doch wissen, Hennes. Du kennst ihn am besten." Ich wusste es nicht.

„Weißt du, was am komischsten ist?" Schmackes machte eine Kunstpause und ritzte mit seinem Schlüssel ein Fragezeichen in die Tunnelwand. „Ja, weißt du das?"

„Spuck es schon aus, Schmackes!"

„Dass der Franzose bloß den Namen vom Heinrich ins Klassenbuch geschrieben hat und nicht die Adresse. Das ist am komischsten."

An diesem Mittag schmiedeten wir einen Plan, der Schmackes und ich. Uwe wurde später auch eingeweiht. Dass es ein törichter und böser Plan war, das ahnten wir nicht. Heute weiß ich, dass wir von allen guten Geistern verlassen waren. Damals waren wir einfach nur neugierig.

Das Rätsel des roten Hauses

Am nächsten Tag bildeten wir wieder Gruppen für die Tunneldurchquerung, wie wir das inzwischen nannten. Jetzt mischten sich nach der fünften und sechsten Stunde auch Lehrerinnen und Lehrer unter die Schülergruppen. King Charly und seine Wegelagerer waren sehr zahm geworden nach dem Riesendonnerwetter, das der Direktor veranstaltet hatte. Eltern waren benachrichtigt worden, mit Schulverweisen hatte man gedroht, Anzeigen waren erstattet worden. Scheinbar war Ruhe eingekehrt.

Scheinbar! Ich ließ mich nicht täuschen. Man brauchte ja nur auf die Blicke zu achten, mit denen Göhrke und die anderen uns maßen. Wartet nur, sagten diese Blicke, wir haben Zeit, aber der Tag der Abrechnung kommt! Mir war auch aufgefallen, dass Charlys Gang Zuwachs bekommen hatte. Ich glaube, die schrecklichen Miezen hatten ein paar Typen aus der Zehnten angelockt.

An diesem Mittag redeten wir auf dem Heimweg darüber. Wir waren uns einig, dass es im Grunde nur einen absolut wirksamen Schutz vor der Mafia gab: Wir mussten Mitglieder bei den *Fröschen* werden.

„Bei den Fröschen?" Heinrich tippte sich an die Stirn. „Spinnt ihr?"

Wir spannen nicht. Heinrich konnte nicht wissen, wovon wir redeten, denn er war ja noch ziemlich neu in unserer Stadt. Die Frösche spielten bei uns gewissermaßen die erste Geige. Uwe erklärte es dem Heinrich. „Die Frösche haben in unserem Stadtviertel das Sagen. Kapierst du? Ganz toller Verein! Und die größeren Frösche fahren alle schwere Motorräder. Wer dazugehört, darf sich 'nen Frosch auf die Jacke kleben. Mit den Fröschen legt sich so leicht keiner an. Junge, wer die am Hals hat!"

„Und wer *einen* Frosch beleidigt, beleidigt *alle* Frösche", ergänzte Schmackes. „Begreifst du jetzt unsere Taktik?"

Aber der Catcher Göhrke, der hat doch auch so einen Frosch an seiner Lederjacke!“, rief Heinrich aus. „Das hab ich doch genau gesehen!“
Uwe legte dem Heinrich die Hand auf den Arm. „Das ist doch gerade der Witz. Bei den Fröschen gibt es nämlich das Gesetz, dass ein Frosch dem anderen nichts antun darf. Und wenn wir selber Frösche wären, dann ...“
Mit heftigem Ruck stieß Heinrich Uwes Hand von seinem Arm. „Bist du bekloppt?“ Dass der gelassene Apache sich so aufregen konnte! „Echt, du bist bekloppt. Ihr seid alle bekloppt. Wollt ihr wirklich Mitglieder von so einem Club werden, wo's solche Feiglinge wie den Göhrke gibt? Ihr tickt doch nicht richtig!“ Heinrich starrte uns der Reihe nach verständnislos an. Zum Schluss blieb sein Blick an mir hängen.
Ich schluckte heftig und wusste nichts zu sagen.
Zum Glück antwortete Schmackes dann. „Du musst das so sehen“, sagte er und schniefte verlegen, „also, in so einem großen Verein, da gibt's eben Flaschen und prima Kerle.
Die meisten sind jedenfalls prima, das kannst du mir glauben.“
Heinrich knurrte verächtlich: „Wenn ich mal in einen Club eintreten sollte, dann ist das einer, in dem es keine einzige Flasche gibt, sondern nur prima Leute. Clubs mit Flaschen kann ich nicht ausstehen. Außerdem ist der Göhrke nicht nur 'ne Flasche. Der ist vor allem ein brutaler Feigling. Und wenn ich es mir genau überlege: Clubs und Vereine und solche Massenaufläufe, die mag ich nicht leiden. Ich will immer tun, was ich will. Nur in den Schafherden machen alle das, was das Oberschaf befiehlt.“
„Das lass mal bloß keinen von den Fröschen hören!“, lachte Uwe.
Das, was Schmackes gesagt hatte, stimmte ungefähr. Es gab wirklich flaschige Frösche und andere, die in Ordnung waren. Wie üblich machten es sich die meisten Erwachse-

nen einfach mit ihren dümmlichen Vorurteilen. Sie bestätigten sich gegenseitig, dass alle Mitglieder der Frösche-Bande Gangster und Kriminelle seien und dass die Polizei solch einen schlimmen Club verbieten müsse. Ich glaube, manche redeten so, weil sie Angst hatten vor den Fröschen. Heute kann ich das verstehen. Da ging wirklich manchmal eine Fensterscheibe zu Bruch, da jaulten wirklich in manchen Nächten ein paar von den Fröschen wie die Irren auf ihren Feuerstühlen durch die Straßen, da gab es wirklich welche, die lange Finger machten oder Verkehrsschilder demolierten. Vielleicht habe ich mir damals nicht klar gemacht, dass es alles andere als ein Jux ist, wenn da ein paar Verkiffte auch Kinder an ihren Joints nuckeln lassen. Vielleicht wollte ich manches nicht sehen. Doch ich weiß, dass einige aus der Bande nur so entsetzlich viel soffen, weil sie ihre Traurigkeit und ihren großen Frust betäuben wollten, und gewiss spielten Langeweile und Furcht vor der Zukunft dabei mit. Viele waren arbeitslos und besetzten leere Häuser, die abgerissen werden sollten. Krawalle kamen oft vor.

Was ich sagen will: Engel waren die Frösche bestimmt nicht! Aber dass es in Hermis Diskothek inzwischen friedlich zuging, dass es eine organisierte Hausaufgabenhilfe und Sprachkurse für Ausländer gab, dass in der ehemaligen Marmeladenfabrik eine Werkstatt für junge Leute ohne Lehrstellen eingerichtet wurde, dass man sich gegenseitig beim Reparieren der Mopeds und Motorräder half und Skatwettbewerbe mit den Rentnern der Eisenhütte veranstaltete: Das musste man ja auch sehen, denn auch dafür waren die Frösche verantwortlich. Ich erinnere mich, dass die meisten Erwachsenen jedoch nur Augen und Ohren spitzten, wenn welche von den Fröschen irgendwo Stunk machten.

„Die nehmen uns sowieso nicht!“ Schmackes versuchte sich als Kunstspucker, doch er traf den Laternenmast nicht.

Uwe guckte traurig wie ein Dackel. „Die nehmen nämlich keine Würstchen auf.“

„Wieso Würstchen?“, fragte Heinrich.

Ich erklärte es ihm. „Die sagen Würstchen zu denen, die noch keine dreizehn Jahre alt sind. Erst ab dreizehn kann man sich bewerben.“

Heinrich lachte meckernd. „Bei so einem schrägen Club bewerben? Prost! Jetzt muss ich aber nach Hause.“

Ich war verärgert über Heinrichs Gelächter. Warum verstand Heinrich unsere Wünsche nicht, Mitglieder bei den Fröschen zu werden? Wir wollten einfach dazugehören zu diesem prächtigen Club. Wir wollten das starke Wir-Gefühl einer großen Gruppe erleben. Und wir wollten uns schützen vor der Rache der Mafia. Waren das nicht gute Gründe?

„Wir müssen jetzt alle nach Hause“, sagte Schmackes. „Tschüs zusammen!“

„Tschüs, ihr Würstchen!“, rief Heinrich im Weggehen und lachte noch immer.

Unser dummer Plan! Uwe und Schmackes taten so, als liefen sie durch den Tunnel zurück, doch wir hatten vereinbart, dass sie Heinrich nachschlichen. Mit ihnen rechnete er ja nicht. Abhängen – wie sonst auch immer – musste er nur mich. Mit mir ging Heinrich bis zum Friedrich-Ebert-Platz, wo ich nach rechts in die Ulmenstraße abbiegen musste. Ulmenstraße! Der Name war längst ein Hohn, denn in dieser Straße gab es keine einzige Ulme oder sonst einen Baum. Wir boxten uns – wie sonst auch immer – gegen die Brust, dann trabte ich los und schaute mich nicht um, obwohl ich wusste, dass Heinrich mir – wie sonst auch immer – hinterhersah.

Ich brauchte jetzt nur noch einmal um die Ecke zu biegen und war zwei Minuten später zu Hause. Die Schultasche schmetterte ich einfach in die Diele, rief in Richtung Küche, dass ich etwas in der Schule vergessen hätte, und sauste sofort wieder zur Straße hinunter. So rasch ich konnte, rannte ich zum Friedrich-Ebert-Platz. Bei der Toilettenbude hatte Uwe mir, wie verabredet, einen Kreidepfeil als Zeichen hinterlassen. Heinrich war also die Stinnesstraße hinaufgegangen. Uwe und Schmackes befanden sich auf seiner Spur.

Ich sprintete an der Häuserzeile entlang, jederzeit bereit, mit einem Satz in irgendeinen der Hauseingänge wegzutauchen. Aber noch war nichts zu erspähen, weder sah ich Heinrich noch seine heimlichen Verfolger.

Wieder ein Pfeil! Es ging in die Thyssenstraße hinein. Ich huschte bis zur nächsten Ecke. Beinahe hätte ich ein kleines Mädchen umgerannt, das ganz allein Hüpfekästchen spielte. Ich geriet gehörig ins Schwitzen, hastete zweimal links und einmal rechts in Straßen hinein, in denen nur wenige Leute unterwegs waren – und langte dann wieder am Friedrich-Ebert-Platz an. Heinrich, der schlaue, listige, mit allen Wassern gewaschene Indianer: Heinrich hatte einen riesigen Haken geschlagen und war im Kreis gegangen. Also hatte uns unsere Ahnung nicht getrogen. Da war wirklich etwas faul!

Trotzdem quälte mich mein schlechtes Gewissen, wie ein Verräter kam ich mir vor. Bespitzelt man seinen Freund? Schleicht man einem nach, der sich als mutiger Kamerad bewiesen hatte? Für solche Überlegungen war es aber längst zu spät, denn selbst wenn ich die Verfolgung aufgegeben hätte: Uwe und Schmackes würden weiter Heinrichs Fährte folgen.

Den nächsten Kreidepfeil entdeckte ich an einer Hauswand in der Tannenstraße. Wieder solch ein Straßenname, der nichts mehr bedeutete. Am Ende der Straße wartete Uwe auf mich. Er war sehr aufgeregt und zeigte nach vorn. Wir liefen nebeneinander weiter. Hinter einer Plakatsäule kauerte Schmackes. „Er ist grad um die Ecke verschwunden“, flüsterte Schmackes.

Vorsichtig huschte ich bis an den Bauzaun. Ich weiß nicht, wieso wir flüsterten, wieso ich huschte, denn der Lärm der Betonmischmaschine übertönte ohnehin alles. Vielleicht spielten wir uns gegenseitig vor, dass dies ein spannendes Spiel sei.
Heinrich ging mit schnellen Schritten über den Schotter des Kirmesplatzes. Nur ein paar Autos parkten hier. Heinrich war jetzt ungefähr zweihundert Schritte von uns entfernt.
Wir mussten warten!
Denn wenn Heinrich sich jetzt nur ein einziges Mal umschaute, würde er uns sonst unweigerlich entdecken. Als ein Möbelwagen vorbeidonnerte, wechselten wir in seinem Schutz schnell die Straßenseite. So gewannen wir wieder vierzig Meter, denn der Vorbau des Supermarktes bot uns Deckung.
„Wo der bloß hingeht!“, stöhnte Schmackes.
„Bestimmt nicht nach Alaska“, gab ich zurück. „Hinter dem Kirmesplatz ist die Welt zu Ende.“
Nein, weit hatte Heinrich es nun nicht mehr. Kaum waren wir losgestürmt, als er jenseits des Platzes zwischen Ligusterhecken verschwand, und kaum hockten wir selbst zwischen den süßlich stinkenden Büschen und den verwitterten Rentnerbänken, da sahen wir Heinrich, wie er vor der Haustür eines roten Ziegelsteinhauses stand. Ein merkwürdiges Haus! Die Tür war rundbogig, das altmodische Gebäude hatte drei Stockwerke.
„Runter!“, zischte Uwe.
Aber Schmackes und ich hatten es auch gesehen, dass Heinrich sich über die Schulter schaute, ehe er das Haus betrat. Und dass ein junger Mann ihm die Tür geöffnet hatte: Das hatten wir auch gesehen.
„Was für ein seltsames Haus!“, staunte Schmackes. „Wer wohnt denn in so einem Haus? Was hat das zu bedeuten?“
„Sieht aus wie ’ne olle Schule“, meinte Uwe.
Ja, wirklich, das Haus sah aus wie eine alte Schule. Hohe,

schmale Fenster waren in die rote Ziegelsteinwand eingelassen, Fenster, die in kleine Scheiben unterteilt waren. Ich sah die Sirene auf dem dunklen Dach und zählte vier Trepenstufen vor dem breiten Eingang. Zwischen dem Vormäuerchen und dem Gebäude lag ein asphaltierter Hof, der sich anscheinend hinter dem Haus fortsetzte. Ich sah verbogene Fahrradständer, die wohl schon lange nicht mehr benutzt worden waren. Zwölf Fenster zählte ich an der Vorderfront des Hauses. Verwahrlostes Forsythiengebüsch bildete die Grenze zum Gelände einer Werkstatt für Autoverwertung.

Wir wollten es genau wissen!

„Einer muss sich bis zur Tür schleichen", sagte Uwe.

„Jedenfalls nicht der Hennes", entschied Schmackes. „Den kennt der Heinrich am besten. Lasst mich das machen. Oder hat jemand was dagegen?"

Wir hatten beide etwas dagegen, der Uwe und ich, denn solch eine dürre Gestalt wie den Schmackes würde Heinrich, falls er zufällig aus dem Fenster schaute, auf Anhieb erkennen. Uwe musste sich an die Haustür anschleichen, das war am besten. Wir zogen ihm Schmackes' Anorak an, stülpten ihm, trotz des Sonnenscheins, die Kapuze über seinen blonden Haarschopf und krempelten seine Jeans bis zu den Knien hoch, dass er aussah wie eine Vogelscheuche. Uwe schlenderte los, machte dann eilige Sprünge. Wir konnten erkennen, dass er die Aufschrift des Metallschildchens las, das am Mäuerchen angebracht war. In weitem Bogen am Autoschrottplatz vorbei kehrte Uwe zu uns zurück und brachte eine verwirrende Nachricht mit.

„Wisst ihr, was auf dem Schild steht? *Landesjugendheim!* Und ich hab 'ne Menge Köpfe hinter den Fenstern gesehen. Junge Leute. Ja, und Betten gibt's in den oberen Etagen. So doppelstöckige. Ich glaube, die wohnen da wirklich, die Leutchen. Da brate mir doch einer 'nen Regenwurm! Versteht ihr das?"

Nein, das verstanden wir auch nicht.

Jugendherbergen kannten wir, Häuser der Offenen Tür, Freizeitzentren, Kinderheime für Waisenkinder, evangelische und katholische Pfarrheime ... Aber was Landesjugendheim zu bedeuten hatte, war uns völlig unklar. Aber ob der Heinrich wirklich in diesem roten Haus wohnte?

„Vielleicht besucht er da jemanden“, gab Schmackes zu bedenken. Uwe bezweifelte das. „Wieso macht er dann täglich diesen Schnickschnack mit Hakenschlagen und merkwürdigen Ausreden und so? Warum haben wir wohl bis heute nicht aus dem Heinrich rausgekriegt, wo er wohnt? Ich wette mit euch: Der wohnt da!“

Ja, ich erinnere mich gut, dass damals in meinem Kopf eine Art Kettenreaktion zu rotieren begann. Die Schuldgefühle waren plötzlich auch wieder da. Dies war doch der entscheidende Punkt: Heinrich wollte nicht, dass wir erfuhren, wo er wohnte. Allem Anschein nach hatte er seine Gründe. Warum konnten wir Idioten diese Gründe nicht respektieren? Nun waren wir längst so überdreht und aufgeregt, dass wir nicht mehr nachdenken konnten. Wir wollten es jetzt genau wissen, ganz genau.

Was für ein Haus war das? Was für Leute wohnten hier? Warum wohnte Heinrich in diesem Haus? Das musste doch etwas Spannendes, Geheimnisvolles, Rätselhaftes sein!

Was wurde da vertuscht? Der Franzose hatte die Adresse nicht ins Klassenbuch geschrieben. Der Heinrich erzählte Widersprüchliches über seine Familie ...

Für Sekunden wünschte ich, dass dieses rote Ziegelsteinhaus so etwas wie ein Heim für besonders ausgesuchte Leute sei, zum Beispiel für besonders Tapfere, für besonders Intelligente, vielleicht auch für besonders begabte Sportlerinnen und Sportler. So etwas gab es doch: Schulen für Schwimmer und Skifahrer und Turner, die besonders gefördert wurden. Aber dann hätte Heinrich doch darüber reden können!

„Das kriegen wir raus!“, sagte Schmackes. Da war so etwas wie Jagdfieber in seinem Gesicht.

Uwe schlug vor: „Lasst uns zu den Obstständen an der Bushaltestelle gehen. Die Typen dort werden ja wohl wissen, was dies für ein Haus ist. Hopp, Männer, mir nach!“

Trotz meines Magenkribbelns ging ich mit. Da war eine ältere Frau in grünweiß gestreifter Kittelschürze mit Schnurrbarthaaren auf der Oberlippe, die verkaufte Bananen, Apfelsinen und Kiwis. Am billigsten schienen die Äpfel zu sein. Wir gingen taktisch geschickt vor, denn erst kauften wir drei dicke Äpfel, und erst dann fragten wir sie, ob sie wisse, was für ein Haus das sei.

„Passt bloß auf, dass ihr nicht mal selber da reinkommt!“ Die Frau lachte unschön und blinzelte einer Kundin zu.

„Wieso?“, fragten wir drei wie aus einem Munde.

„Weil das ein Erziehungsheim ist! Da wohnen lauter junge Knackis drin. Die haben alle schon was ausgefressen. Haben gestohlen und Brände gelegt und Frauen überfallen. Vielleicht sogar noch Schlimmeres gemacht, was weiß ich! Bei manchen fängt das ja früh an. Alles saubere Früchtchen, kleine Ganoven. Und warum die in diesem Haus wohnen? Ich sag’s euch. Weil die für so ein richtiges Gefängnis noch zu jung sind. Da gibt es ja diese neumodischen Gesetze. Wie ich die Sache sehe: Zu wenig Prügel haben die gekriegt von ihren Eltern! Paar Saftige hinter die Löffel, das hat noch keinem geschadet. Im Gegenteil. Bitte, sieht man ja, was bei dieser laschen modernen Erziehung rauskommt. Noch Kinder und schon regelrechte Verbrecher!“

Die Frau hörte nicht auf mit ihrer geifernden Rede, aber ich hörte längst nicht mehr zu. Da war eine eiskalte Leere in meinem Kopf. Am liebsten hätte ich laut geschrien. Ich hielt mich am Obststand fest und hoffte nur, dass mir die Beine nicht einknickten.

Heinrich, mein Freund Heinrich, der tapfere Indianer! Der in einem Erziehungsheim? Der und ein Verbrecher? Der und Leute überfallen? Der und einbrechen? – Der Heinrich konnte doch kein Ganove sein!

„Das reden Sie doch bloß so!“, hörte ich mich rufen. „Das stimmt doch gar nicht! Das haben Sie sich doch nur ausgedacht, weil Sie uns verarschen wollen!“

Das Lachen der Frau tönte quälend laut. „Dann fragt doch mal all die Leute hier, wenn ihr's mir nicht glauben wollt! Anstalt für junge Verbrecher: Genau das ist es. Die nennen es nur anders, damit es keiner merkt. Aber hier wissen es alle.“

Da waren mehrere Leute am Obststand, Hausfrauen, ältere Männer, Autofahrer, die rasch etwas kaufen wollten. Ich sah sie alle nicken und hörte sie hämisch lachen.

Vor meinen Augen begann es zu flimmern. Ich biss die Zähne zusammen. Und ich dachte: Da sind doch gar keine Gitter vor den Fenstern. Außerdem geht der Heinrich doch zur Schule wie jeder andere und trifft sich nachmittags mit uns in der Höhle. Trotzdem war ich schlimm verwirrt. Hässlicher Argwohn schien sich in meinem Gehirn festgeklebt zu haben und ließ sich einfach nicht vertreiben. Mir fiel auf einmal auch ein, dass Heinrich etwas von heftigen Prügeln angedeutet hatte, die er schon eingesteckt habe. Ob in diesem roten Haus etwa geprügelt wurde?

Ich fühlte mich zu Heinrich hingezogen, aber gleichzeitig schien er sich mir entfremdet zu haben. Mir ging es wie dem Hund in der Krambambuli-Erzählung, der sich so furchtbar quälen musste, weil er sich nicht zwischen seinem ersten und seinem zweiten Herrchen entscheiden konnte. So ähnlich flatterten meine Gefühle für Heinrich hin und her.

Schmackes sagte mit gepresster Stimme: „Als ob man was mit 'ner Bratpfanne über den Schädel gekriegt hätte, so ist das. Ich bin richtig fertig.“

Ja, so ungefähr war es.

Wir schworen uns gegenseitig, keinem Menschen etwas von unserer Entdeckung zu verraten. Ein bedrückendes Geheimnis: Nur Schmackes, Uwe und ich kannten es. Und was war mit Heinrich?

Auf dem Rückweg redeten wir kaum ein Wort. Ich glaube, wir mussten erst einmal die Gedanken ordnen. Was ein spannendes Spiel sein sollte, war zu einem Schock für uns geworden. Aber daran war nun nichts mehr zu ändern.

Mutprobe für Würstchen

Es fällt mir schwer, von den nächsten Tagen zu erzählen. Ich traute mich nicht, dem Heinrich in die Augen zu schauen, und wenn wir beide allein waren, was ich zu vermeiden suchte, konnte ich vor Verlegenheit kaum zusammenhängende Sätze sagen. Wir pflückten Haselnüsse, übten Mathematik, rösteten Kartoffeln in heißer Asche, schauten vom Gipfel des Zechenberges den Dohlen zu, schrieben eine Deutscharbeit, spielten in der Pause Karten, redeten Belangloses. Ich tat so, als sei alles so wie sonst, doch ich spielte ein unehrliches Spiel, und dabei war mir zum Speien schlecht. Ich hatte einfach nicht den Mut, mit Heinrich offen zu sprechen. Dabei waren wir doch Freunde!

Ich glaube, vor allem Uwe war es, der unentwegt drängte, dass wir den Boss der Frösche bitten sollten, eine Ausnahme zu machen und uns aufzunehmen, obwohl wir noch keine dreizehn waren. Schmackes war bestimmt auch dafür. Die Blicke, mit denen uns die Ex-Mafiosi maßen, waren für uns ein dauerndes Warnsignal.

Eigentlich konnte man mit dem Häuptling der Frösche gar nicht direkt reden, jedenfalls nicht als Würstchen. An den kam man nicht so leicht heran. Da gab es eine Rangordnung wie bei Kuhherden und Stadtverwaltungen. Der Oberfrosch hieß Tommy – das heißt: Er ließ sich so nennen. Er trug einen laubfroschgrünen Lederoverall, wenn er mit seiner Honda herumraste, und wegen dieser Farbe hatte der ganze Club den Namen, nur deswegen. Es galt bei den Fröschen als eiserne Regel, dass nur Tommy solch einen grünen Dress tragen durfte.

Nein, mit Tommy konnte man natürlich nicht sprechen, auch nicht mit seinen Stellvertretern. Man geht ja auch nicht zum Bundeskanzler, wenn man einen Führerschein beantragt. So ungefähr war das.

Aber Sannes Bruder war mit einem der Frösche befreundet,

der einen guten Draht nach oben hatte. Sanne wollte sich für uns „verwenden“, wie sie das nannte. Für Schmackes und Uwe und Heinrich und mich. Ich glaube, Sanne und Heinrich mochten sich sehr.

„Ich mache da nicht mit!“, fauchte Heinrich, als er von unserem Plan erfuhr. „Hab ich nicht deutlich gesagt, dass ich in keinen Verein will, in dem es feige Säcke gibt?“

Ach, wir redeten ihm zu wie einem kranken Gaul. Dass es bei den Fröschen garantiert mehr erstklassige Leute gebe als sonst wo, dass die schräge Pfeife Göhrke ganz bestimmt nur eine Ausnahme sei, dass die Frösche immer tolle Sachen veranstalteten und dass bei denen immer eine Menge los sei. Heinrich hatte für unser eifriges Gerede nur Spott übrig.

Aber dann sagte Schmackes das Wort, das alles veränderte.

Gespielt gelangweilt fragte Schmackes, als wir in der letzten Pause unter der Platane am Ende des Schulhofs hockten: „Ob der Heinrich vielleicht zu feige ist?“

Heinrich, der gelassene Indianer, schien plötzlich unter Starkstrom zu stehen. Er verlor die Kontrolle über seine Nerven und war völlig außer sich. Er zitterte und zappelte und war so aufgeregt, wie wir ihn noch nie erlebt hatten. Dass er dem Schmackes nicht an die Gurgel ging, das war fast ein Wunder. Wieso das etwas mit Feigheit zu tun habe, wenn er nicht zu den verdammten Fröschen wolle, schrie er. Das Wort *feige* hatte ihn richtig verrückt gemacht.

Schmackes gab sich alle Mühe, kühl zu bleiben. „Weil man erst eine schwere Mutprobe ablegen muss, bevor man aufgenommen wird.“

Heinrich, ganz ohne Zweifel an seiner empfindlichsten Stelle getroffen, schäumte noch immer. Er hatte es doch wirklich nicht nötig, seine Tapferkeit zu beteuern, doch er zischte uns an: „Ich und Angst vor einer Mutprobe? Ihr seid doch nicht ganz dicht! Aber ich werde es euch bewei-

sen. Schön, dann reicht doch unsere Aufnahmeanträge bei der Froschgeschäftsstelle ein. Von mir aus in sechsfacher Ausfertigung und mit den Unterschriften aller Erziehungsberechtigten und sonstigen Anverwandten. Schuhgröße des Stiefzwillings, Ohrenfarbe der Großmutter, Bauchumfang des Patenonkels, Datum des letzten Bettbepinkelns: fülle ich alles in Druckschrift aus. Ich mache alles mit. Kriecht den Herren Fröschen doch in den Hintern, damit sie uns die hirnrissige Mutprobe machen lassen. Alles klar, alles klar!"
Und dann sagte Heinrich gefährlich leise: „Aber behauptet nie wieder, ich wär ein Feigling!"
„Hab ich doch gar nicht behauptet", antwortete Schmackes kleinlaut. „War doch mal bloß so 'ne Frage. Also, vergiss es!"
Schmackes sah ein bisschen grünlich um die Nase herum aus. Vielleicht hatte er Angst, dass der Amok laufende Apache ihm mit dem Tomahawk den Schädel spalten könnte. Uwe und ich blickten uns verstohlen an. Wer hätte schon mit diesem Wutausbruch gerechnet. Heinrich hatte uns ein neues Rätsel aufgegeben.
Die Sache kam ins Rollen. Sanne ließ ihre Beziehungen spielen, ihr Bruder ließ seine Beziehungen spielen, dessen Freund ließ seine Beziehungen spielen, ein kinnbärtiger Vespafahrer ließ seine Beziehungen spielen ... Wir schmierten Sanne mit kleinen Geschenken, sie schmierte ihren Bruder, der schmierte seinen Freund, der schmierte den kinnbärtigen Vespafahrer, und wen der schmierte, weiß ich nicht.
Ich dachte auch: Ob wir bei der Mafia Miete zahlen oder bei den Fröschen Schmiergelder: Wo ist da eigentlich der Unterschied? Sehr gründlich dachte ich das damals wohl nicht, wohl nur oberflächlich, denn sonst hätte ich ja wohl die richtigen Schlüsse daraus gezogen. Damals hatte ich vor allem den brennenden Wunsch, zu den Fröschen zu gehören. Wer einer von denen war, der war doch wer!

Zuerst gab es allerdings Schwierigkeiten. Jemand ließ durchblicken, man dürfe mit Würstchen keine Ausnahme machen, sonst kämen sämtliche Würstchen aus dem Viertel angelaufen. Man darf keine Präzedenzfälle schaffen: So bürokratisch formulierten sie das. Die paar Monate sollten wir ruhig noch warten, und wenn wir dann das richtige Alter hätten, werde neu verhandelt. Plötzlich aber kam die Nachricht, der Kinnbärtige, der Lothar Hetzel hieß und Attila genannt wurde, habe von der Spitze der Frösche den Auftrag bekommen, uns zu testen. Mir bullerte das Herz vor Aufregung.

Auf einmal wogen wir zusammen zehn Zentner vor Stolz. Es bestand die Aussicht, dass die Frösche uns eine Chance gaben! Welchem Zwölfjährigen war je solch eine Ehre zuteil geworden! So dachten wir jedenfalls. Wir hofften brennend, dass die Nachricht nicht nur ein Gerücht sei.

Den Heinrich ließ das alles kühl. Ihn interessierte die Geometrie weit mehr als sämtliche Frösche der Welt. Wie er sich auf einmal auf die Mathematik stürzte! Es war, als sei ihm jahrelang etwas Lebensnotwendiges entgangen, so einen starken Nachholbedarf hatte er. Begreifen konnte ich es nicht, aber Heinrich konstruierte wirklich lustvoll seine Quadrate und Dreiecke und Rhomben und erfreute sich an den Zeichnungen. Auf meine Hilfe konnte er inzwischen verzichten. Der Franzose war sehr stolz auf ihn.

Eines Tages fanden Uwe und Schmackes nach der Sportstunde in ihren Englischbüchern kleine Zettel mit grün gestempelten Fröschen darauf. Tag, Ort, Uhrzeit: Diese Wörter waren auch gestempelt, jedoch rot. Und mit Kugelschreiberschrift war dort eingetragen: 20. September – ehemalige Tankstelle von Gommans – 18 Uhr. Uwe und Schmackes glühten vor Freude und Erwartung. Sie waren Auserwählte! Man hatte sie für würdig befunden.

Und ich? Und Heinrich?

Heinrich verzog wie üblich keine Miene und ihn schien

unser aufgeregtes Getue eher anzuöden. Wenn die Frösche etwas von ihm wollten, dann sollten sie sich halt melden, und wenn nicht – dann eben nicht. Aber ich! Ich fühlte mich tief getroffen. Das ging gegen meine Ehre, dass Schmackes und Uwe mir vorgezogen wurden. Ich weiß, dass ich damals dachte: Wenn ich ein Japaner wäre, würde ich jetzt auf jeden Fall Harakiri machen.

Da ging natürlich Getuschel um in der Klasse. Die anderen Schülerinnen und Schüler spürten wohl, dass mit uns vieren aufregende Dinge geschahen. Sie bekamen den Triumph von Uwe und Schmackes mit, erlebten meine Enttäuschung und Heinrichs übertriebene Gelassenheit. Sie wollten selbstverständlich wissen, was da gespielt wurde. Da wurde gefragt, da wurde geschmeichelt, da wurde gerätselt, aber wir hielten natürlich den Mund, das war Ehrensache.

Einmal zog Sanne Heinrich und mich hinter die Büchergestelle in der Schulbibliothek. „Es gibt einen Tip von meinem Bruder! Keine Panik!"

„Kannst du das auch mal so erklären, dass selbst ein Doofer wie ich das versteht?", nörgelte ich die Sanne an.

Heinrich stieß mir den Ellenbogen in die Rippen. „Verdammt, Hennes, musst du so aggressiv sein?"

Sanne sagte spöttisch: „Okay, für Doofe zum Mitschreiben. Mein Bruder meint, dass sie euch in Zweiergruppen testen. Erst den Schmackes und den Uwe, dann euch beide. Wegen der Teamarbeit und so. Du brauchst also nicht so zappelig zu sein, Hennes. Ihr kommt schon noch an die Reihe. – Aber von mir habt ihr nichts erfahren, klar?"

Wir nickten nur.

Aber dann kam Uwes und Schmackes' große Zeit. Ich fühlte, wie meine Unsicherheit wuchs und wuchs, wenn die zwei von ihren Taten berichteten. Die wurden vielleicht hergenommen von den Testern der Frösche! Plötzlich hatte ich Angst, dass ich versagen könnte. Wieder überkam mich der dringende Wunsch, furchtbar krank zu werden, um mich im Bett verkriechen und das alles noch einmal in Ruhe überlegen zu können. Ich wollte Zeit gewinnen, das war es. Aber undeutlich beschäftigte mich auch die Frage, ob ich wirklich ein Frosch werden wollte.

Zuerst hatten die Tester Uwe und Schmackes einen Hundertmeterlauf machen lassen. Das wäre ja an sich nichts Weltbewegendes gewesen, wenn es nicht quer durch das Brennnesselfeld hinter der Neubausiedlung gegangen wäre, und zwar barfuß.

„Unter fünfzehn Sekunden mussten wir bleiben!“ Schmackes strahlte. „Stellt euch das mal vor!“

Eigentlich war Heinrichs Frage überflüssig, aber er fragte dennoch scheinheilig: „Und? Habt ihr’s geschafft?“

Klar, sie hatten es geschafft. Hätten sie sonst davon erzählt? Und sie hatten sich auch getraut, beim Rathaus auf das Bismarckdenkmal zu klettern und von hoch oben auf die Pflastersteine zu pinkeln, obwohl ein Polizist in der Nähe war. Eine Laterne hatten sie mit drei Würfen zersplittert, in der Straßenbahn hatten sie den Nothaltknopf gedrückt und waren davongerannt, an vier Autos hatten sie ringsherum die Luft aus den Reifen gelassen, im Hafengelände von Ruhrort waren sie auf einen Kran gestiegen, hatten sich am Schwenkarm entlanggehangelt und waren aus acht Meter Höhe ins dreckige Wasser gesprungen.

„Wenn ihr meint, das wäre schon alles, dann seid ihr schief gewickelt. Das war erst der Anfang vom Test!“ Ja, Schmackes strahlte.

Uwe ließ die Muskeln spielen. „Mann, waren wir in Form! Wir schaffen das. Wetten, dass wir das schaffen?“

„Laternen einschmeißen!“ Heinrich schürzte angewidert die Lippen. „Jetzt verratet mir bloß mal, was der ganze Quatsch soll!“

Ich verstand den Heinrich nicht. Was sollte diese alberne Frage?

„Wir wollen dazugehören, du Tünnes!“ Uwe knallte die Handflächen auf Heinrichs Schultern. „Dazugehören! Kapierst du das nicht? Das ist wie ein Orden. Wie eine Tapferkeitsmedaille.“

„Orden? Hast du Orden gesagt?“ Heinrich schüttelte sich vor Lachen. „Mann, ich scheiß auf Orden! Gibt es was Blödsinnigeres als Orden? Mein Opa hat mal ’nen Karnevalsorden verpasst gekriegt. War der vielleicht stolz darauf!“

„Aber man gewinnt Ansehen bei den Leuten!“, protestierte Schmackes voll Eifer. Wie konnte Heinrich sich nur lustig machen über seine und Uwes Großtaten! „Keiner wagt sich an einen heran, wenn man zu den Fröschen gehört. Das ist doch was, Heinrich!“

„Ja, das ist was“, erwiderte Heinrich grinsend. „Was unheimlich Tolles ist das. Kriegt ihr auch eine Urkunde? So mit Goldbuchstaben?“

Nein, nein, ich verstand den Heinrich damals nicht. Zu den Starken zu gehören, den Leuten Angst einzujagen, ein Auserwählter zu sein, jede Menge Kameraden zu haben, nicht abseits zu stehen, aufregende Abenteuer zu erleben: Das war doch wirklich was! Das macht einen doch stark!

Ich weiß heute, dass Heinrich eine wichtige Frage gestellt hatte: Jetzt verratet mir bloß mal, was soll der ganze Quatsch? Zu jener Zeit verstand ich das nicht, dass jemand eine solche Frage stellen konnte. Da mischte sich auch meine Verwirrung hinein, dass Heinrich in dem rätselhaften roten Haus wohnte, in dem jugendliche Verbrecher lebten. Reagierte er darum so merkwürdig auf Uwes und Schmackes’ Begeisterung? Trotz meiner Furcht wünschte ich mir, so sehr ich konnte, dass auch Heinrich und ich endlich an die Reihe kamen, unseren Mut zu beweisen. Vor allem: dass ich endlich an die Reihe kam.

Spring endlich!

Vielleicht wird man von solch einer bangen Erwartung sogar krank, aber ich wollte und konnte mit dieser Krankheit leben. Das Wechselbad der Gefühle: Einerseits war da der heimliche Wunsch, vor der Mutprobe einfach wegzulaufen, andererseits spürte ich den heftigen Drang, mich endlich vor den anderen beweisen zu können.
Ein Montag war das. Ich werde es nie vergessen. Ein Mädchen aus der fünften Klasse kam gelaufen und überbrachte uns die Nachricht mit dem Froschstempel. Das solle sie uns weitergeben, sagte das Mädchen und fragte, ob wir auch wirklich Hennes und Heinrich hießen.
„Ja, so heißen wir!“, schrie ich lachend.
Ich handelte mir eine Eintragung ins Klassenbuch ein wegen ständiger Störung des Unterrichts, weil ich ununterbrochen auf Heinrich einredete während der Geschichtsstunde. Ich wollte Heinrich unbedingt anstecken mit meiner Begeisterung. Warum war er nicht so elektrisiert wie ich? Oder wollte er seine Erregung nicht zeigen? Indianerschweigen. Heinrich knubbelte den Zettel zusammen und steckte ihn in seine Segeltuchtasche.
Wir hatten uns um drei Uhr am Autobahnzubringer einzufinden, und zwar genau an der Stelle, wo die Kipploren voll Schlacke von der Eisenhütte am Förderband hoch über der Straße zu den Güterwagen im Fabrikhofgelände schaukelten, über denen sie ausgeleert wurden. – Wieso ausgerechnet dort? Auf dieser Ausfallstraße rasten doch nur die Autos herum, da war doch sonst nichts!
„Du kommst, Heinrich? Du kommst bestimmt?“
„Klar, Hennes, ich komme bestimmt. Ich find's ja hirnrissig, aber ich lasse dich nicht im Stich. Weißt du doch. Aber den Weg musst du mir erklären. Ich kenne mich da nicht aus.“
„Wir gehen zusammen hin“, sagte ich rasch. Heinrichs

Nähe würde mich sicherer machen. „Wir treffen uns beim Friedrich-Ebert-Platz, ja? Direkt vor der Pinkelbude. Halb drei. Abgemacht?“

„Abgemacht. Aber es kann sein, dass ich ein paar Minuten später komme. Ich muss heute meiner Mutter beim Spülen helfen. Ich bin an der Reihe, da kann man nichts machen.“

Wieso redete Heinrich so etwas? War das wieder ein Ablenkungsmanöver, ein Täuschungsversuch? Seiner Mutter beim Spülen helfen! Ach, Heinrich, alter Freund, ich weiß doch Bescheid! Nein, ich sagte das auch jetzt nicht, ich überspielte meine Verlegenheit mit verständnisvollem Kopfnicken. Zu reden war ja auch nichts mehr. Nun wurde es ernst.

Wieder bekam ich beim Mittagessen kaum einen Bissen runter. Ich kann mich auch nicht mehr erinnern, was es zum Essen gab. Etwas Leckeres vermutlich, denn meine Schwestern langten kräftig zu.

„Das liebe Brüderchen ist unglücklich verliebt!“, kicherte Bettina. „Sag schon, wer ist es? Bist du in Steffi Graf verliebt? Dann kannst du's vergessen. Die liebt nämlich nur Tennisbälle.“

„Pah, verliebt!“ Ich verdrehte die Augen und fletschte die Zähne. „So ein Kitsch! Ich werde mich nie verlieben. Heiße ich etwa Gerda?“

Da wurde meine ältere Schwester rot, und Bettina begann nun, Gerda zu beharken. Gut so! Die beiden waren beschäftigt und ließen mich in Ruhe. Ich hörte auch gar nicht mehr hin und nahm die erste Gelegenheit wahr, um unbemerkt aus der Wohnung zu verschwinden. Ich durfte meine Nachmittagspläne nicht gefährden, denn an diesem Tag war ich an der Reihe mit Staubsaugen und Putzen. Doch ich hatte ja größere Dinge vor.

Mir kam es zwar wie eine halbe Ewigkeit vor, doch es war nur eine halbe Minute. Fast pünktlich erschien Heinrich am vereinbarten Treffpunkt. Diese Verspätung fiel nicht ins

Gewicht. Und ich hatte mir schon Sorgen gemacht! Heinrich kaute genüsslich an einem dicken Apfel herum. Mit Vitaminen werden sie im Knast also wenigstens versorgt, dachte ich.

Weg mit solchen Gedanken! Jetzt mussten wir uns ganz auf die bevorstehende Mutprobe konzentrieren. Bestimmt würden sie uns nicht die gleichen Aufgaben stellen wie Schmackes und Uwe. Aber was – zum Teufel – hatten sie sich wohl für Heinrich und mich ausgedacht? Ein Kinderspiel würde das bestimmt nicht werden.

„Wie fühlst du dich so?“, fragte ich.

„Weiß nicht. Geht so.“

„Hast du Schiss?“

„Also, wenn ich sagen würde, ich hätte keinen Schiss, dann wär's gelogen. Man weiß ja nicht, was die mit uns vorhaben. Wenn die sich so 'ne richtige Schweinerei ausgedacht haben …“

„Komisch“, sagte ich und fühlte mich merkwürdigerweise erheitert, „ganz komisch. Dass du auch Schiss haben könntest, Heinrich, das hätte ich gar nicht gedacht. Ich hab dich immer für unheimlich mutig gehalten.“

„Witzbold! Zum Mutigsein gehört Schiss. Wenn du keine Angst hast, kannst du auch nicht mutig sein. Ist doch logisch, oder? Mut, das bedeutet: Du machst das, was du machen willst, auch wenn dir vor Angst das Hemd flattert. – Aber müssen wir über so etwas reden?“

Wir redeten dann über Elektroautos und Cordulas Brüste, stellten eine Fußballmannschaft auf und zankten uns darüber, ob Yamaha, Honda oder Kawasaki die besten japanischen Motorräder herstelle. Wir hechelten Fernsehserien durch und erfanden Zensuren für unsere Lehrerinnen und Lehrer. Wir redeten einfach, um uns abzulenken.

Dann standen wir am Autobahnzubringer unterhalb der Laufbänder, die die Schlackewägelchen beförderten: die vollen von rechts über die Straße hinweg zur linken Seite, die leeren von der linken Seite aus nach rechts. Wir standen an der rechten Seite der mehrspurigen Autostraße und warteten.

Ganz plötzlich waren sie da! Hinter dem hohen Drahtzaun auf dem Gelände der Eisenhütte standen sie. Wir hatten zu den Kipploren hochgeschaut, darum hatten wir ihr Erscheinen nicht bemerkt. Und wer sollte bei diesem irren Autolärm auch schon andere Geräusche wahrnehmen!

Zu dritt waren die Tester der Frösche gekommen: der Kinnbärtige, ein Dicker im Jeansanzug, vollgepappt mit Nieten, auch da, wo keine hingehörten, und ein Dürrer mit Spiegelglasbrille, der einen sandfarbenen Wüstendurchquerungsanzug trug. Der mit der verspiegelten Brille hatte das Sagen, keine Frage. Wie der sich aufspielte! Und warum sollte man seine Augen nicht sehen? Ich war auf einmal ein wenig enttäuscht, denn ich hatte wohl unbewusst knüppelharte Kerle erwartet und nicht solche Angeber.

„Los, kommt schon rüber!“, kommandierte der Brillenmann.

Sollte das schon die erste Aufgabe sein?

Der Zaun war mindestens fünf Meter hoch. Oberhalb des engmaschigen Gitters, das den Schuhspitzen kaum Halt bot, liefen noch drei Stacheldrähte. Ich sprang das Gitter viel zu hastig an und prallte so heftig zurück, dass ich strauchelte und hinfiel, während Heinrich schon oben am Stacheldraht turnte. Jetzt bloß nicht zappelig werden!, redete ich mir zu. Nur nicht die Nerven verlieren!

Fast blind kletterte ich am Drahtzaun hoch, riss mir die Fingernägel ein, riss mir oben an einem Stachelknäuel den linken Unterarm auf und ratschte mir einen Winkelhaken ins Hemd. Aber ich schaffte es. Völlig außer Atem landete ich neben Heinrich auf der anderen Seite. Die Typen der Prüfungskommission grinsten gemeinsam, als hätten sie's eingeübt. Spott auf allen Gesichtern. Auch Schadenfreude?

Wahrscheinlich. Doch ich war erleichtert, dass ich über den hohen Zaun gekommen war.
„Die Befragung zur Person können wir uns schenken“, erklärte der Brillenmann. „Das haben eure zwei Kollegen schon für euch erledigt.“
Wieso das? Was für Befragungen sollten das sein? Was hatte das zu bedeuten, dass Uwe und Schmackes das für uns erledigt hätten? Warum hatten die uns nicht informiert? Ich war verwirrt, wischte aber die Unsicherheit aus meinen Gedanken. Das spielte doch jetzt keine Rolle mehr, denn jetzt kam es nur noch darauf an, dass Heinrich und ich den Test bestanden. Die Vorstellung, dass ich vielleicht versagen könnte, trieb mir den Schweiß in die Augen. Oder kam es noch vom Klettern?
„Findet ihr die Kipploren auch so schön wie ich?“, fragte der Dürre mit der Brille.
Was sollte an den Kippwägelchen schon schön sein!
„Ich wette, ihr wolltet schon immer mal mit so einer Kipplore quer über die Straße fahren. Heute wird euch dieser brennende Wunsch endlich erfüllt.“ Hässlich lachend forderte er: „Jetzt freut euch doch mal!“
Ich begriff und erschrak. Das durfte doch nicht wahr sein! Mindestens zehn Meter über der Autostraße rollten die Kippwagen am Eisengestänge und nur doppelt so groß wie Kinderwagen waren diese schwankenden Loren, übervoll mit Schlackebrocken. Sicher, da gab es ein Schutzgeflecht aus Draht darunter, das zu verhindern hatte, dass Schlacke auf die Fahrbahn fiel. Aber wenn ich stürzte: Nie im Leben würde mich dieses mickrige Schutzgeflecht auffangen! Und das Geschaukel da oben und die rasenden Autos da unten ... Ich stellte mir das vor, wie ich winzigklein auf so einer beladenen Lore hockte, an den Bügel geklammert: da hoch oben schaukelnd, schaukelnd, schaukelnd. Ich, der ich mich in keine Kirmesschiffschaukel traute, weil mir sofort schlecht wurde! Und jetzt? Ich hatte schreckliche Angst.

„Und wenn wir drüben sind?“ Heinrich fragte das mit seltsam heiserer Stimme, aber von seinem Apachengesicht konnte man nicht die geringste Spur von Furcht ablesen.
„Dann springt ihr über dem Eisenbahnwaggon ab, über dem die Loren sich drehen und auskippen. Ist doch logisch, oder? Man muss nur den richtigen Zeitpunkt abpassen, sonst geht's gefährlich in die Hose.“ Der Brillenmann hob bedauernd die Hände.
„Ihr könnt es euch noch überlegen“, sagte der Dicke mit den vielen Nieten, „genau eine Minute Bedenkzeit – ab jetzt.“ Er schaute auf seine Armbanduhr und ließ den Finger hinunterschnellen wie ein Starter.
Ohne Heinrich hätte ich sofort aufgegeben, das weiß ich genau. Ich war empört. Warum bekamen wir eine derart wahnsinnige Aufgabe gestellt, während Uwe und Schmackes bloß vom Denkmal zu pinkeln brauchten und ins Hafenwasser springen mussten? Das war doch ungerecht.
„Komm schon!“, forderte Heinrich bloß und tippte mich an.
Ich stampfte hinter Heinrich den Hang hinauf. Oberhalb dieser Böschung konnte man die Kipploren mit den Händen greifen, sie ratterten ungefähr im Schritttempo. Aber dann rollten sie auf die tiefe Schlucht mit der Straße zu. Mir war klar, dass wir von hier aus auf die Loren springen mussten, bevor die Böschung abfiel. Die Vorstellung, an der Lore zu baumeln und himmelhoch über der Straße zu schweben, trieb mir den Magen bis in den Hals. Es war nur ein schwacher Trost, dass mein Magen leer war.
Mit Gummiknien stand ich neben Heinrich. Der Apache rieb sich die verschwitzten Hände an der Hose trocken. Ich machte es ihm nach. Ich hörte meinen Herzschlag in den Ohren trommeln.
Von unten schrie der Kinnbärtige: „Wenn ihr drüben seid, dann macht mal hurtig den schnellen Abgang! Die haben nämlich nicht gern Fremde im Werksgelände!“

Wenn ihr drüben seid! Wären wir doch schon drüben!

Plötzlich sprang Heinrich los. Er schnellte hoch und krallte sich am Rand der tuckernden Lore fest. Die schaukelte ein bisschen heftiger, pendelte sich dann aber wieder ein. Noch bevor die Böschung abfiel, kauerte Heinrich rittlings auf dem Schlackehaufen: ein Indianer auf einem bockenden Mustang.

So etwas wie wütende Tollkühnheit überfiel mich. Ein, zwei, drei Loren ließ ich vorbeigleiten. Bei der vierten sprang ich ab – endlich. Doch ich sprang nicht hoch und entschlossen genug, fand mit den Fingern keinen Halt, wurde von der nächsten Lore umgestoßen und stürzte in den Dreck.

Gib nicht auf!, heulte ich zornig in mich hinein. Auf die Beine!

Der Kinnbärtige rief höhnisch: „Wir treffen uns in einer Viertelstunde am Preußen-Stadion! Gute Fahrt! Verstanden?“

Irrsinn. Ich hatte doch eine Ewigkeit auf dieser winzigen Schlackelore vor mir. Eine Ewigkeit lang musste ich doch hoch über die Autos hinweg auf die andere Seite schaukeln – endlos hoch. Und da faselte der etwas von einer Viertelstunde? Zorniges Lachen, lachender Zorn. Ja, dann saß ich plötzlich festgeklammert und nach Luft ringend auf einer Lore und wurde unaufhaltsam weitergetragen.

Nicht nach unten schauen!, hämmerte ich mir ein. Einfach das Gesicht ganz fest auf die Schlacke drücken. Nicht nach unten schauen, nicht zur Seite sehen, nichts hören, vor allem keine Motorengeräusche. Ich saugte den beizenden Geruch der ausgebrannten Schlackestücke ein, dachte an Kohle, an Bergleute ... Nur nicht an die Straße da unten denken!

Wie viel Meter hatte ich hinter mir? Wie viel Meter hatte ich vor mir? Befand ich mich überhaupt schon über der Straße? Fuhren da jetzt Lastwagen unter mir oder Sattelschlepper oder Busse? Oder nur massenweise Pkws? Nicht an die Straße da unten denken! An etwas anderes denken! Wie heißen die drei besten Fußballtorhüter der Welt? Wie viel ist einundzwanzig mal achtzehn? Wie heißt die Hauptstadt von Bolivien? Wie mag wohl die Frau vom Franzosen aussehen? Wie heißt der Indianerstamm, zu dem Sitting Bull gehörte? Wie sehr ist die Sanne wohl in den Heinrich verknallt? Welche Länder grenzen an Brasilien an?

Ich fühlte trotzdem die Höhe. Den Boden unter den Füßen verlieren: Sprungturm, unendlich hoch; Wolkenkratzer, im offenen Fenster des sechzigsten Stockwerks stehen und sich freihändig hinunterbeugen; Aussichtsturm, auf die Brüstung klettern und die Angstschreie der Menschen hören – und dann fallen, fallen, fallen.

Ich schrie. Ich weiß genau, dass ich schrie. Das Schwindelgefühl machte mich hilflos. Voll Entsetzen verkrampfte ich, dass mir Muskeln und Sehnen außer Kontrolle gerieten. Doch dann war da plötzlich eine andere Stimme. Und metallisches Gerassel wurde ohrenbetäubend laut, das Rauschen der fallenden Schlacke. Die Lore neigte sich zur Seite.

„Spring, Hennes! Spring endlich!"

Ich war außerstande, die Augen aufzumachen oder gar die Arme und Beine zu bewegen. Das fühlte sich an, als lähmte mich ein gewaltiger Magnet, der stärker war als meine Körperkraft. Die Lore hatte sich jetzt um neunzig Grad gedreht, unter meinem Körper geriet die Schlacke ins Rutschen. Die scharfkantigen Brocken, erstarrt, nachdem das Eisen von ihnen getrennt worden war, kratzten an meiner Haut.

„Hennes!", brüllte Heinrich. „Hennes, jetzt! Du musst abspringen!"

Es war, als sei ich plötzlich aus dem Tiefschlaf aufgeschreckt. Großes Erstaunen nach einer Ohnmacht: Ich begriff.

Ich ließ mich einfach fallen. Mit einem Sturz aus drei, vier Meter Höhe hatte ich gerechnet, doch ich prallte schon nach Sekundenbruchteilen unerwartet auf. Das tat weh. Rauschende Schlacke um mich herum raubte mir den Atem. Heinrich riss mich hoch.

„Runter vom Waggon!", schrie er. „Wir werden sonst zugekippt!"

Ich ließ es geschehen, dass der Heinrich mich mit sich zog. Was für ein eigenartiges Gefühl, wieder festen Boden unter den Füßen zu spüren! Es war wie nach langem Schlittschuhlaufen.

„Dass du Knallkopp nicht abspringen wolltest!" Heinrich schüttelte mich und lachte dazu. „Ich dachte schon, du wolltest noch mal mit der leeren Lore rüberfahren. So schön fandst du das?"

„Hör schon auf!", keuchte ich. „Ich muss erst mal kontrollieren, ob ich mir nicht in die Hose gemacht habe."

„Erst mal müssen wir flüchten", widersprach Heinrich.

Ich sah es auch, dass wir entdeckt worden waren. Vier Männer in Overalls kamen gerannt. Sie schwangen Schaufeln. Aber wir waren schneller und erreichten vor ihnen das Tor. Schweiß brannte mir in den Augen, ich hustete und spuckte und kam nur langsam wieder zu Atem.

Heinrich wischte sich den Dreck von der Hose und grinste mich an. Wollte er mir Mut machen?

Der gebrochene Schwur

Lass uns aufgeben! Das wünschte ich nur, das sagte ich nicht. Frosch oder nicht Frosch: Ich fühlte mich ausgebrannt. Doch ich wusste ja, dass Heinrich niemals aufgeben würde, denn seine Angst war, dass jemand ihn für einen Feigling halten könnte. Woher rührte nur diese Verbissenheit, woher stammte nur diese Angst? Dass ich so wenig über meinen Freund Heinrich wusste! Eigentlich sollten Freunde doch über alles miteinander reden können. Oder haben Freunde etwa Geheimnisse voreinander? Nein, Freunde doch nicht! Aber Freunde belauern sich auch nicht, schleichen sich auch nicht heimlich nach. Schmackes, Uwe und ich hatten einen schweren Vertrauensbruch begangen. Was wir getan hatten, wog schwerer als die Tatsache, dass Heinrich ein Geheimnis vor uns hatte.

Ich dachte auch: Das wäre eigentlich der allergrößte Mut, wenn man es erträgt, von anderen für einen Feigling gehalten zu werden, dass man in Wirklichkeit aber kein Feigling ist. Ich dachte überhaupt eine Menge Gedanken durcheinander, als ich mit Heinrich zum Preußen-Stadion trabte. Zum Beispiel dachte ich: Warum ist das denn im Grunde so wichtig, einmal abgesehen von King Charly und seinen Schlägern, dass man Mitglied bei einer Großstadtbande ist? Was ist dieses Wir-Gefühl denn in Wirklichkeit wert? Warum – zum Teufel – wollen denn alle zu den *Kreidlers* oder den *Borussen* oder den *Fröschen* gehören?

Überflüssige Gedanken! Ich wusste die Antworten auf solche Fragen doch längst. Man ist in einer so grauen Ruhrgebietsstadt wie unserer sehr einsam, wenn man nicht zu einer Gruppe Gleichgesinnter gehört, zwischen all den Zechen und Fabriken und Häuserschluchten ...

Aber waren wir denn überhaupt Gleichgesinnte? Und was bedeutet das denn: gleich gesinnt? Ich kannte doch nur einige von den Fröschen und eigentlich auch nur vom Sehen.

Trotzdem ließen Heinrich und ich alles mit uns geschehen, was denen einfiel, nur um dazuzugehören. – Dann musste ich aufhören mit dem Denken.

„Da!“, sagte Heinrich. „Diesmal haben sie gleich ihre Hundertschaften mitgebracht. Ob die jetzt eine Knüppelgasse für uns bilden, damit sie wissen, was wir so aushalten?“

Aber die jungen Leute waren aus anderen Gründen zusammengeströmt. Die Frösche trugen ein Fußballspiel gegen die *Gelben Teufel* aus der Südstadt aus. Das Spiel war noch nicht angepfiffen worden. Männlein und Weiblein standen herum, schlürften Bier aus Dosen, motzten sich an, kreischten und hatten ihren Spaß. Um Heinrich und mich kümmerten sich nur der Brillenmann, der Nietenmann und der Kinnbartmann.

„Das habt ihr ja prima geschafft“, lobte der Kinnbärtige gönnerhaft. „Wie seid ihr vom Fabrikgelände runtergekommen?“

Ich sagte: „Wir sind eben sehr schnell.“

Der mit der Spiegelglasbrille feixte uns an: „Zum Ausgleich dürft ihr jetzt was ganz Langsames machen. Das ist euch doch recht?“

Der Ton, in dem er das sagte, machte mich hellwach. In meinem Kopf schrillten Warnsignale. Ich war mir sicher, dass etwas Hinterhältiges auf uns wartete. Nie im Leben war die Frage des Brillenmannes ernst gemeint.

„Um was geht es denn?“, fragte Heinrich.

Der Dürre hielt sein Brillengesicht ganz dicht vor Heinrichs Gesicht. In den Spiegelgläsern spiegelte sich Heinrichs Kopf zweimal lächerlich klein. Das sah furchterregend aus, wie eine Kameraeinstellung aus einem Gangsterfilm. „Du hast doch Erfahrungen in gewissen Dingen, wie?“

„Versteh ich nicht“, antwortete Heinrich mit veränderter Stimme.

„Tu doch nicht so! Einsteigen in Wohnungen und so, biss-

chen lange Finger machen, paar krumme Dinger drehen – solche Sachen meine ich." Tststs kicherte der Kerl, der uns seinen Namen nicht genannt hatte.
Auch seine beiden Mitgrinser starrten nun hämisch den Heinrich an. Wir sind doch unter uns, uns brauchst du doch nichts vorzumachen, wir wissen doch Bescheid: Schadenfreude blitzte böse in ihren Gesichtern.
„Versteh ich immer noch nicht", sagte Heinrich. All seine Gelassenheit war auf einmal verflogen. Seine Hände zitterten, um die Mundwinkel herum zuckte die Haut. Diese Unsicherheit war ganz neu an ihm.
„Einer von deinen Kumpeln, die uns eure Adressen gegeben haben, der hat was von einem gewissen roten Haus durchblicken lassen. Du wohnst doch in dem roten Haus, oder? Da wohnen doch nur so gewisse Leute drin, in dem roten Haus, ja? Und du gehörst doch zu den gewissen Leuten, hab ich Recht? Wir wissen schon, dass du ein ganz schön Ausgekochter bist. Wir erkundigen uns nämlich immer über das Privatleben unserer Prüflinge, das gehört zu unserer Methode. Man weiß ja gern, mit wem man's zu tun hat."
Tu doch was, Heinrich!, wünschte ich brennend. Schlag seine hundsgemeinen Sätze in den Hals zurück! Der macht sich doch lustig über dich! Dem macht es Spaß, dich zu quälen!
Heinrich hatte sich wieder in der Hand. „Also, was sollen wir tun? Sind wir zur Aufnahmeprüfung hier oder zum Quatschen?"
„Sag ich doch, dass der Junge ein ganz schön Ausgekochter ist." Der Brillenmann schnipste mit den Fingern und schaute auf den Zettel, den der Kinnbärtige ihm reichte. „Ja, wo steht's denn? Ah, da! Also, die nächste Aufgabe nimmt ein bisschen Zeit in Anspruch, aber dafür ist es ein hundertprozentig ruhiger Job. Ihr habt doch zu Hause Bescheid gesagt, dass ihr heute etwas später in die Heia kommt?"

Dieses hämische Gelauer!

Ich hatte natürlich nicht damit gerechnet, dass die uns bis in die Nacht testen wollten, aber den Gefallen tat ich den Grinsern nicht, dass ich ihnen erklärte, was für einen Ärger ich bekommen würde. „Ich kann nach Hause kommen, wann ich will“, sagte ich ziemlich von oben herab und zeigte mein Schlüsselbund. „Ich bin ja kein Säugling mehr.“ Ich hatte den Eindruck, dass es sich ziemlich überzeugend anhörte.

„Meine Eltern haben auch nichts dagegen, wenn ich abends mal so'n bisschen länger wegbleibe“, meinte Heinrich und gab sich viel Mühe, seine Stimme so kühl wie sonst klingen zu lassen.

„Deine Eltern?“ Der dürre Brillentyp kreischte. „Habt ihr das gehört? Seine Eltern haben nichts dagegen, wenn er ein bisschen länger wegbleibt. Echt stark. Seine Eltern!“ Und zu Heinrich sagte er mit gespielter Herzlichkeit: „Dann grüß deine Eltern auch schön von uns, ja? Vergiss es nicht.“

Heinrich war kreidebleich im Gesicht. „Können wir endlich anfangen? Oder hört ihr euch so gern reden? Die Fußballmannschaften kommen schon auf den Platz. Ihr wollt doch bestimmt zugucken.“

Ich war wie vom Donner gerührt und konnte die Lippen nicht bewegen. Wer war der Hundesohn? Uwe? Schmackes? Wer war der Verräter? Einer von den beiden hatte das Geheimnis verraten, hatte den Schwur gebrochen. Und das war klar: Heinrich wusste, dass ich wusste, wovon der Brillenmann sprach. Ich spürte seinen verächtlichen Indianerblick fast körperlich. Es gab überhaupt keinen Zweifel: Heinrich wusste sofort, dass ich alles über das rote Haus erfahren hatte. Ich konnte seinen Blick nicht deuten, ja, die Verachtung sprang mir geradezu entgegen und schmerzte wie Ohrfeigen, aber da war noch etwas. Hass? Trauer? Ekel?

Und ich brachte kein Wort über die Lippen.

Der Brillenmann zeigte uns die Richtung. „Da hinten. *Familien-Sparkauf*. Seht ihr's? Den gelben Bau meine ich."
„Hab ich etwa Tomaten auf den Augen?" Heinrich verschränkte die Arme. „Also, was liegt an?"
Wieder zeigte der Dürre mit der Spiegelglasbrille zu dem gelben Supermarkt hinüber. „Die freuen sich über jeden Besuch. Besonderen Spaß haben die, wenn sich zwei Würstchen, die gern zu den Fröschen gehören möchten, irgendwo im Laden verstecken und sich einschließen lassen, wenn um halb sieben dichtgemacht wird. Hab ich mich verständlich ausgedrückt? Und als kleine Erinnerung und als Beweis, dass ihr wirklich in dem Schuppen drin wart, bringt jeder von euch 'ne Flasche Whiskey mit raus. Aber nicht so eine Billigsorte, hört ihr? Ihr trefft mich dann um zehn Uhr im Boston-Tanzschuppen. Noch Fragen?"
Natürlich hatte ich noch Fragen. Die wichtigste Frage war, wie wir da wohl wieder rauskommen könnten aus dem Supermarkt. James Bond klettert immer aufs Dach und entschwindet per Rakete mit eigenem Düsenantrieb. Aber was würde mit Heinrich und mir sein? Fenster gab es beim *Familien-Sparkauf* jedenfalls nicht, und wenn man durch irgendwelche Dachluken steigen konnte, waren da sicher Alarmanlagen angebracht. Ich fragte also.
„Das ist euer Bier!", schnauzte der Dicke mit den vielen Nieten.
Der Kinnbärtige gab sich hilfsbereit. „Um halb zehn kommt immer ein Kerl von der Wach- und Schließgesellschaft. Der muss die Lage peilen und die Kontrolluhr stechen. Wenn der reinkommt, müsst ihr raus. Und jetzt macht euch endlich auf die Socken."
Wir liefen los. Im Hintergrund hörten wir die Zuschauer des Fußballspiels toben. Eine Trillerpfeife schrillte, Gelächter dann. Wir blieben aber nicht stehen. Der Parkplatz, der zum Supermarkt gehörte, war wie üblich prall gefüllt, Auto neben Auto: brav wie Soldaten beim Strammstehen.

Brav trugen auch all die Leute aus der Umgebung ihr Geld hierher, weil sie glaubten, hier bekämen sie alles fast geschenkt, denn auf jedem zweiten Preisschildchen stand *Sonderangebot*.

In der Halle tröpfelte leise Disco-Musik aus versteckten Lautsprechern. Die Flüsterstimme einer Frau schmeichelte dazwischen: „Wenn Sie sich und Ihren Lieben heute eine besondere Freude bereiten wollen, besuchen Sie unsere Fleischtheke. Rinderbraten im eigenen Saft, schmorfertig in der Alufolie, elfachtundneunzig das Pfund. Wählen Sie dazu einen Qualitätswein aus unserem Tagesangebot. Bereiten Sie Ihrem Mann einmal einen richtig gemütlichen Feierabend! Für die lieben Kleinen empfehlen wir ..."

Heinrich und ich quetschten uns durch die Massen der Käuferinnen und Käufer. Wo sollte man sich denn hier verstecken? Die schauten doch bestimmt überall nach, bevor sie die Kaufhalle abschlossen. Trotz meines Herzklopfens dachte ich mir Unsinn aus, vielleicht auch, um mich abzulenken von meinem Schuldgefühl: Wir verkleiden uns als Weinflaschen und stellen uns ins Regal, oder wir fangen an zu stinken und legen uns als Mainzer Käse in die Truhe. – Mist! Unsinn! Komm zur Sache!

Vielleicht gab es hier einen Hausdetektiv, der uns längst beobachtete, weil wir nur ziellos herumliefen und nicht nach den Waren schauten. Da war vor allem noch eine Menge Zeit totzuschlagen. Viel zu früh waren wir in den Supermarkt gegangen.

Ich sah zu Heinrich hinüber. Mir schwirrten die höhnischen Worte des Brillenmanns durch den Kopf: Du hast doch Erfahrungen in gewissen Dingen ...

Dann hatte Heinrich die entscheidende Idee. Er zog mich mit in die Milchbar, zählte sein Geld und bestellte zwei Bananenshakes. Wir nuckelten beinahe eine Stunde an dem klebrigen Brei herum und schwiegen uns an. Wenn Heinrich doch nur irgendetwas zu mir gesagt hätte! Wenn er das

Schweigen gebrochen hätte! Ich traute mich nicht. Ich wusste: Der Heinrich verachtet mich.
Wenn einer von uns später einmal ein Wort sagte, dann war es ein belangloses Wort. Dann ging es um Floskeln wie: „Siehst du die Dicke da?“ – „Warm hier.“ – „Hier sind sogar noch Fliegen.“ Dabei hätten wir doch dringend darüber reden müssen, wo wir uns in dieser Halle verkriechen könnten.
Die Milchbar leerte sich allmählich. Auch zwischen den Regalen, Theken und Kühltruhen liefen nur noch wenige Leute herum. Aus den Lautsprechern säuselte ein Volksliedertralala der Fischer-Chöre, das ging mir auf die Nerven.
„Möbelabteilung“, flüsterte Heinrich.
Wir schoben uns durch lange Schneisen zwischen Joghurt und Jeans, Puddingbecher und Pantoffeln, Babywindeln und Bockwurstdosen in Richtung Möbelabteilung. Ununterbrochen hatte ich das Gefühl, dass uns jemand beobachtete. Heinrich schaute stur geradeaus.
Nur in der Lebensmittelabteilung herrschte noch hektische Betriebsamkeit. Da hasteten die Leute herum, die nach Feierabend rasch noch etwas für das Abendessen einkaufen wollten. Aber hinten bei den Korbstühlen und Stehlampen und Plastiktischen spielte sich kaum noch etwas ab. Gelangweilte, müde Verkäuferinnen saßen herum und massierten sich die Beine.
„Wir müssen in einen Kleiderschrank rein!“, zischte Heinrich.
Aufgehängte Teppiche boten uns Deckung. Wir huschten durch Einbauküchen und Hausbars und Teenagerschlafzimmer. Heinrich witterte nach rechts, ich nach links. Jetzt schnell!
Dann kauerten wir mit angezogenen Beinen auf dem Boden des Sonderangebotskleiderschrankes aus Rüsterimitation, der unter unserem Gewicht in allen Fugen knirschte und

knackte. Mir brach am ganzen Körper der Schweiß aus. Der beizende Duft eines Imprägniermittels drang mir in die Nase und verursachte Kopfschmerzen. Nur jetzt nicht niesen! Die Summgeräusche der großen Verkaufshalle waren hier drinnen kaum noch zu hören. Was wir vor allem hörten, das war unser Atem. Es war stockdunkel.

Dass Zeit so entsetzlich langsam verstreichen kann!

Die Beine schliefen mir ein, tausend Ameisen kribbelten in den Muskeln, Juckreiz am Rücken machte mich fast verrückt, die Angst drückte wie eine Zentnerlast. Wie von ganz fern hörte ich den Gong, der den Ladenschluss anzeigte. Eine Lautsprecherstimme brabbelte etwas dazu. Wir vernahmen auch undeutliches Gerede in unserer Nähe und später das Surren von Staubsaugern und Bohnermaschinen.

Dann wurde es gespenstisch still.

Zwei Indianer auf der Wacht. Crazy Horse und Big Eagle. Das Präriefeuer war zu Asche verglüht. Wir lauschten in die Schwärze der Nacht. Der Käuzchenschrei konnte uns nicht täuschen. Wir unterschieden genau zwischen den Geräuschen der huschenden Laufvögel und dem Splittern im Schilfgras. Unser Gehör war scharf. Huronenspäher, wir! Nein, so heult kein Koyote, solch ein Geruch stammt nicht von Waldtieren. Pferde in der Nähe! Unsere Tomahawks lagen griffbereit.

Wie genau erinnerte ich mich daran, dass ich mir das herbeiträumte, herbeisehnte, herbeibeschwor! Heinrich und ich als tapfere Indianer: kühn, stark, geschmeidig wie Schlangen im nächtlichen Wald. Wir zwei: trunken vom großen Abenteuer. Wie schön wäre das gewesen! Doch da war ein Schatten auf unsere Freundschaft gefallen.

Unsinn, diese Redensart! Da war nicht nur ein Schatten auf unsere Freundschaft gefallen, es war schlimmer. Heinrich verachtete mich, weil ich ihm wie ein feiger Spion nachgeschlichen war und das rote Haus gesehen hatte, das sein

Geheimnis war. Und den Verrat hatte ich ihm nicht einmal gestanden. Das hält keine Freundschaft aus. Nein, hier lagen keine heldenhaften Rothäute auf der Lauer, hier hockten zwei Idioten in einem Sonderangebotskleiderschrank in einem Supermarkt.

Heinrich schob behutsam die Schranktür einen Spalt auf, die jaulte laut in dieser beklemmenden Stille. „Komm", wisperte Heinrich, „da ist kein Schwein mehr im Laden!"

Die Halle mit der Sparbeleuchtung wirkte unwirklich wie ein leeres Theater. Wir bogen uns erst einmal die verspannten Arme und Beine zurecht und atmeten durch. Ein Ventilator sirrte. Die Leuchtzeiger der großen Uhr über dem Ausgang zeigten fast schon neun Uhr an. Dass wir so lange in dem Schrank gekauert hatten!

Wir huschten auf Zehenspitzen zwischen den Stellwänden und Regalen durch dem Ausgang zu. Ich hatte Schwierigkeiten, mir deutlich zu machen, dass wir tatsächlich allein waren in dieser Halle, die sonst von Menschen nur so wimmelte. – Und wenn es hier einen Nachtwächter gab?, schoss es mir durch den Kopf. Mein Herz hämmerte heftiger. Ich flüsterte dem Heinrich meinen Verdacht zu.

„Glaub ich nicht", entgegnete Heinrich. „Wenn die einen Nachtwächter hätten, brauchte ja wohl niemand von der Wach- und Schließgesellschaft zu kommen. Oder?"

„Wenn du mal bloß Recht hast!"

Ich entdeckte Whiskeyflaschen in Mengen. Black & White, Johnny Walker, Ballentine's, Cutty Sark ... Irgendeine der Flaschen nahm ich mit zittrigen Fingern aus dem Regal. Warum nahm Heinrich keine Flasche? Ich schubste ihn mit dem Ellenbogen an und zeigte auf die Whiskeybestände, aber er schaute mich nur spöttisch an und schüttelte den Kopf. Eine Menge Verachtung lag in seinem Blick. Ich verstand das nicht. Das gehörte doch zu unserer Mutprobe.

„Ich besorge mir was ganz anderes", sagte Heinrich. Er eilte davon, stand eine Minute später wieder vor mir – und hielt ein Badetuch in den Händen. Trotz der funzligen Beleuchtung konnte ich erkennen, dass das blaue Frotteetuch lila Blümchen hatte. Zum Lachen!

„Wenn sie dich zu heiß gebadet haben ..."

Heinrich schnitt mir barsch das Wort ab. „Red keinen Quatsch! Wenn der Typ von der Wach- und Schließgesellschaft gleich kommt, werfe ich ihm das Tuch über den Kopf, bevor er uns richtig erkennen kann. Die Schrecksekunde müssen wir ausnutzen. Wir stellen uns direkt neben die Tür. Da, schau dir das an: Die Schiebetür gleitet seitlich in die Wand rein, wenn man sie aufschließt. Sobald wir den Kopf des Mannes sehen – zack, Tuch drüber! Und dann nix wie raus, bevor die Tür wieder automatisch zugeht."

„Wenn das nur hinhaut!"

„Wenn wir nicht pennen, haut das hin."

Aber dann kam alles ganz anders!

Wie die Kaninchen von den Augen der Schlangen hypnotisiert werden, so wurden wir von den Zeigern der großen Uhr gepackt. Das Schlucken tat mir weh. Wir brauchten uns nicht gegenseitig zu sagen, dass wir Angst hatten vor dem entscheidenden Augenblick. Wenn wir doch nur schon draußen wären!, wünschte ich inbrünstig.

Dann näherte sich Mopedgeknatter. Eigenartig, dass das Fahrzeug so langsam herankam! Dann lautes Schlüsselklirren und Gehuste – dann ein Geräusch, das mich in der Bewegung erstarren ließ, das mich unfähig machte, auch nur ein Wort über die Lippen zu bringen: das gefährliche Knurren eines Hundes.

Die Tür glitt mit einem Schmatzlaut auf. Der Schäferhund kam mit grausamer Langsamkeit auf mich zu. Ich bildete mir ein, Mordlust in den Augen zu erkennen. Die Whiskeyflasche rutschte mir aus der Hand und knallte auf den Boden, zersprang aber nicht. Ich roch den strengen Atem des Hundes, glaubte durch die geschlossenen Augenlider Wolfszähne zu sehen, fühlte Pelziges an den Beinen.

„Halt!“, schrie der Mann. „Bleibt bloß stehen! Keine Bewegung! Was macht ihr hier?“

Heinrich sagte nichts. Ich war unfähig, etwas zu antworten. Und was hätte ich auch sagen können? Die Szene war doch eindeutig.

„Brav, Wotan. Braves Hündchen!“, schmeichelte der Mann.

Der Hund stieß leise Grunztöne aus. Dann Gehechel, das in Knurren überging, ganz leise nur. Ich war mir sicher, dass der Schäferhund zuschnappen würde. Ich hatte den Schmerzensschrei schon im Mund.

„Bloß keine Bewegung!“, warnte der Mann. „Wotan ist scharf dressiert.“ Dann redete er wieder auf den Hund ein. „Braves Hündchen! Lass sie nicht laufen! So ist’s gut, Wotan, so ist’s gut!“

Warum hatte ich mir nur eingebildet, da komme ein hutzeliges altes Männchen mit großem Schnurrbart und krummen Beinen? Dieser Wachmann war jung, kräftig, sachlich. Ja, richtig sachlich! Er wusste sofort, was er zu tun hatte. Wahrscheinlich war dies ja auch nicht das erste Mal, dass er Diebe auf diese Art erwischte. Als er sich die Schirmmütze aus der Stirn schob, glaubte ich sogar, Schadenfreude in seinem Gesicht zu erkennen. Ich dachte: Vielleicht bekommt er eine dicke Geldprämie für jeden Fang.

„Pass gut auf!“, rief der Mann dem Hund zu und ging mit entschlossenen Schritten zum Sicherungskasten an der Wand, wo sich auch das Telefon befand. Ich hörte den Mann hastig sprechen.

Was der Mann sagte, hörte ich aber nicht, denn ich war wie betäubt. Ich wusste nur, dass da ein Hund vor mir lauerte, der nur auf eine hastige Bewegung von mir wartete, damit er mich anspringen konnte. Doch ich begriff trotzdem, dass die Tür gar nicht ins Schloss gefallen war, wie Heinrich es vermutet hatte. Die eiserne Schiebetür stand offen! Dahinter war nur der gläserne Windfang, den man bestimmt leicht aufstoßen konnte. Und ich stand hier wie erstarrt und war außerstande, auch nur einen Finger zu bewegen.

Aber was war mit Heinrich?

Mein erster klarer Gedanke galt dem Heinrich. Waren wir denn nicht schuld, dass er sich jetzt in dieser verteufelten Lage befand: ich und Uwe und Schmackes? Wir hatten ihn doch hineingezogen in das ganze Getue mit den Fröschen. Das war völlig klar.

Das rote Haus, wo die jungen Verbrecher wohnen ... Was würde mit dem Heinrich geschehen, wenn er in dieser Situation erwischt wurde? Was würden sie mit ihm machen?

„Heinrich!“, flüsterte ich mit angstharten Lippen. „Heinrich, versuch abzuhauen! Geh ganz langsam durch die Tür, los! Ganz langsam! Der Hund kann doch nur einen von uns bewachen.“

„Ich bleibe bei dir“, sagte Heinrich. „Ich bin doch kein Feigling.“

Da war wieder dieses Wort!

„Heinrich ...“ Ich fing noch einmal an, aber als ich in das Apachengesicht sah, wusste ich, dass ich nicht weiterzureden brauchte. Gelassen und sehr gefasst und mit einer Spur von Spott erwiderte Heinrich meinen Blick.

Der Hund konnte es wohl nicht leiden, dass ich redete, oder er war darauf dressiert, so etwas zu unterbinden. Sein Knurren wurde aggressiver. Der Mann kam vom Telefon zurück und rieb sich die Hände. Jetzt war es für Heinrichs Flucht sowieso zu spät.

„Da habt ihr euch was Schönes eingebrockt, ihr Ganoven“, sagte der Wachmann. Ganz sachlich sagte er das. „Die Polizei wird gleich hier sein.“

Plötzlich wusste ich glasklar, dass die Prüfer der Frösche uns ganz bewusst in diese Falle geschickt hatten. Die waren

doch längst darüber informiert, dass der Mann von der Wach- und Schließgesellschaft immer einen Hund bei sich hatte. Einen bösen, gemeinen Jux hatten die sich mit uns gemacht. Vermutlich hatten sie gedacht: Da ist doch so ein Knacki dabei, so ein Vorbestrafter, da kommt es doch überhaupt nicht mehr darauf an – bei so einem! Den lassen wir mal voll in die Falle laufen. Das muss doch zum Totlachen sein, wenn so einer von der Polizei geschnappt wird.
„Du, Heinrich", sagte ich.
„Schnauze!", rief der Wachmann.
„Lass nur", sagte Heinrich.
Dann hörten wir den Polizeiwagen.

Regen im Indianersommer

In meiner Erinnerung ist dieser späte Abend ein Alptraum geblieben, doch ich sehe die Bilder deutlich vor mir. Zuerst die Befragungen auf dem Polizeirevier. Warum? Habt ihr so etwas schon öfter gemacht? Also, was wolltet ihr alles stehlen? Wer will euch das Diebesgut abkaufen? Wie ist der Name von dem, der dahinter steckt? Lügt nicht! Wir kriegen sowieso alles raus. Also, noch einmal von vorn ... Und dazu lief ein Tonband, dazu klapperte eine Schreibmaschine, dazu grinsten zwei Hauptwachtmeister.

Ich stammelte ungeordnete Sätze vor mich hin und war unfähig, mich richtig zu konzentrieren. Die Wörter Mutprobe und Scherz und Wette sagte ich. Nein, die Namen von denen, mit denen wir da angeblich gewettet haben, wüssten wir nicht. Wir wussten sie ja auch nicht! Dass wir drei Testern der Frösche auf den Leim gegangen waren, verriet ich nicht. Wer will in dieser Stadt schon die Frösche als Gegner haben!

Aber die Whiskeyflasche, die habe ja wohl kaum etwas mit einer Mutprobe zu tun, oder? „Wolltet ihr den Whiskey selber saufen oder weiterverhökern?“, fragte der ältere der Polizisten und biss in ein Wurstbrötchen, dann redete er mit vollem Mund weiter. „Oder wolltet ihr mit der Whiskeyflasche den Mann von der Wach- und Schließgesellschaft niederschlagen?“ Und dann: „Also, noch mal von vorn.“

Heinrich sagte kein einziges Wort.

Später kamen meine Eltern, wütend und verwirrt beide, verlegen und traurig auch, besonders meine Mutter. Ich fühlte mich müde und hilflos. Wörter flatterten mir zu den Ohren herein und hinaus: Dummejungenstreich, Schnapsidee, Imponiergehabe vor den Mädchen, Was-hinter-die-Löffel-hauen ... Ich hörte auch das Wort Strafanzeige.

Ein junger Mann in braunem Cordanzug erschien, redete im Hintergrund des Büros leise mit einem der Wachtmeister, unterschrieb dort am Schreibtisch ein Formular. Die Beamten schienen ihn zu kennen. Dann fasste der junge Mann den Heinrich beim Arm. Heinrich schaute mich nur flüchtig an, als er die Polizeiwache verließ. Die Indianeraugen verrieten kein Gefühl und keinen Gedanken. Die Hände hatte Heinrich in den Hosentaschen. Das weiß ich auch noch.

Zu Hause fielen die Eltern mit Vorwürfen über mich her. Meine Mutter weinte, mein Vater fluchte und betrank sich. Meine neugierigen Schwestern tuschelten und warfen mir verächtliche Blicke zu. Dann folgte das Schweigen.

In der langen Nacht, in der ich mich maßlos müde und schlaflos zugleich im Bett wälzte und keine Ruhe fand, dachte ich unentwegt an Heinrich. Was würde nun mit ihm geschehen? Nein, ich hatte kein Mitleid mit mir selbst. Der Heinrich tat mir so Leid. Wenn er mich doch wenigstens angeschrien hätte!

Wie ein geprügelter Hund schlich ich am nächsten Morgen zur Schule. Wenn Catcher Göhrke mit den schrecklichen Miezen mir aufgelauert hätte, wäre mir das völlig gleichgültig gewesen. Ich wartete am Tunnel, aber Heinrich kam nicht. Komm endlich!, wünschte ich inbrünstig. Komm endlich! Beschwörend flehte ich: Komm endlich! Aber Heinrich kam nicht. Hatte ich wirklich ernsthaft erwartet, dass er käme?

Schmackes stand plötzlich da. „Wie war's gestern, Hennes?" Dann hörte ich Uwe kreischen: „Habt ihr's geschafft? Habt ihr die Mutprobe bestanden? Red schon, Hennes?"

Cordula fragte mich: „Warum siehst du so käsig aus?"

„Warum ist denn der Heinrich noch nicht da?", wollte Sanne wissen.

Ich schrie sie alle an: „Wisst ihr, was ihr mich mal könnt?"

Uwe kriegte sich überhaupt nicht mehr. „Die beiden haben nicht bestanden! Die beiden haben nicht bestanden! Die beiden haben nicht bestanden!"

Warum gingen Uwe und Schmackes, die Verräter, mir nicht aus den Augen? Eigentlich hatten wir in der ersten Stunde Mathematik, aber nicht der Franzose erschien, sondern Frau Preißler vom Sekretariat. Ich ahnte, was das zu bedeuten hatte. Schmackes zischte mir zu: „Jetzt mal ganz ehrlich, habt ihr gekniffen?“

Ich kam nicht dazu, ihm zu sagen, dass er der widerlichste Armleuchter der gesamten Galaxis sei, weil die Preißler an meinen Platz kam, mich merkwürdig anstarrte und mir dann erklärte, ich solle ganz schnell ins Direktorzimmer gehen. Also wussten sie es schon!

Abhauen!, überlegte ich, als ich langsam die Treppe hinunterging. Einfach weglaufen und verschwinden, irgendwohin. Dann dachte ich an Heinrich. Feiglinge laufen weg. Heinrich würde niemals weglaufen. Da wollte ich auch nicht mehr weglaufen.

Direktor Spölten saß breit hinter seinem Schreibtisch. Der Franzose lehnte an der Heizung. Sie schauten mich schweigend an, als ich das Zimmer betrat. Dann wies der Direktor auf den Stuhl vor dem Schreibtisch. Ich setzte mich zögernd hin. „Das habt ihr ja fabelhaft gemacht“, sagte der Direktor, „fa-bel-haft!“

Der Franzose rieb sich das Kinn. „Heinrich kommt nicht mehr in unsere Schule“, sagte er leise. „Er wird wieder einmal in einer anderen Stadt wohnen. Er kommt in ein Jugendheim, in dem es eine Heimschule gibt. Er muss also wieder einmal die Tapeten wechseln, der arme Kerl. Der fliegt nur so durch die Gegend und kommt nirgendwo mal zur Ruhe. Dabei hat er sich in unserer Stadt wohl gefühlt. Hoffentlich seid ihr stolz auf eure Heldentat. Hohlköppe, ihr!“

„Genau! Hohlköppe.“ Der Direktor ließ schwer die Handflächen auf die Schreibtischplatte fallen, dass die Federschale hüpfte. „Was ihr dem Jungen da eingebrockt habt ... Es ist nicht zu fassen!“

„In dem Heim hat Heinrich übrigens auch gern gewohnt", sagte der Franzose, „ich glaube, sogar sehr gern. Gute Kameradschaft gab es dort für ihn."
„Aber das rote Haus!", entfuhr es mir. „Das ist doch so ein Haus ..."
„Ja, was für ein Haus ist das?" Direktor Spölten zog eine Zigarre aus dem Lederetui. „Jetzt bin ich aber neugierig."
„Das ist doch so'n Haus, wo ... Ich meine, da sind doch solche – na ja, solche, die schon mal was ausgefressen haben. So Jugendliche, die schon mal was Kriminelles ..." War mir schlecht!
„Wer hat dir denn den Unsinn erzählt?", fragte der Franzose verblüfft. „Die Leute. Die haben uns doch ..."
„Die Leute!", wiederholte der Direktor honigsüß. „Die Leute haben es erzählt. Himmlisch! Da faseln also irgendwelche Leute irgendwelchen Blödsinn und ihr Hohlköppe glaubt den Quatsch dann auch noch. Allmählich begreife ich den Erfolg der Bildzeitung. Die Leute haben es erzählt!"
Der Franzose fragte: „Was hat denn der Heinrich gesagt, was das für ein Haus ist?"
Bestimmt war ich puterrot vor Scham. „Mit dem Heinrich haben wir nicht darüber gesprochen. Der wollte das nicht, glaub ich. Aber wir sind dem mal nachgeschlichen. Da haben wir das Haus gesehen."
„Nachgeschlichen?" Der Franzose lächelte bitter. „Und ich hatte gedacht, ihr seid Freunde, der Heinrich und du."
„Strafanstalten für Kinder – so etwas gibt es gar nicht", schnaubte Direktor Spölten. „Der Heinrich lebt im Heim, weil er kein richtiges Zuhause hat. Verdammt schwer hat der's immer gehabt. Und jetzt macht ihr es ihm noch schwerer. Es ist nicht zu fassen."
Der Franzose sprach nun ganz ruhig. „Seinen Vater hat der Heinrich nie kennen gelernt und seiner Mutter hatte man das Sorgerecht entzogen, weil sie sich nicht genug um ihr Kind kümmerte. So etwas wie Elternliebe, Familie, Nest-

wärme: So etwas hat Heinrich nie erleben können. Da hat er sich vor zwei Jahren einer Bande angeschlossen. Er wollte wohl zu jemandem gehören, nicht allein sein, Freunde haben. Nur waren diese Freunde keine guten Freunde, sondern schlechte, verdammt schlechte. Die älteren Kerle schickten die jüngeren Bandenmitglieder zum Klauen los. Sie sagten ihnen, sie wären Feiglinge, wenn sie sich nicht trauten."

Das Wort! Heinrich wollte kein Feigling sein. Das Wort Feigling konnte er nicht ertragen. Wie eine fixe Idee hatte sich das bei ihm festgesetzt. Wir hatten ja erlebt, wie er ausgerastet war, als Schmackes dieses Wort gesagt hatte. Während der Franzose redete, begann ich zu begreifen.

Ich begriff, dass das rote Haus ganz und gar kein Gefängnis war, sondern ein Heim, in dem junge Leute lebten, die kein Zuhause hatten. Sie versuchten, wie in einer Familie miteinander zu wohnen. Und Heinrich hatte gern in der Ersatzfamilie im roten Haus gelebt.

„Es ist ein Experiment, das von Sozialarbeitern geleitet wird." Der Direktor zündete endlich die Zigarre an. „In Wohngemeinschaften leben, in kleinen Gruppen, nicht in solch anonymen Massenheimen. Aber für Heinrich ist das Experiment leider zu Ende. Ja, so ist das."

„Aber warum denn?", schrie ich und sprang auf vom Stuhl.

Der Franzose erklärte es. „Sie haben Sorge, dass Heinrich sich wieder an Leute bindet, die einen schlechten Einfluss auf ihn haben, zum Beispiel an Jungen, die lebensgefährliche Turnereien an schwebenden Kipploren veranstalten und sich in Supermärkte einschließen lassen, um Schnaps zu stehlen."

Da waren Wörter, die ich hinausschreien wollte, Sätze, doch es hatte mir die Sprache verschlagen. Ich spürte selber, wie blöde ich dastand und nichts zu meiner Entschuldigung zu sagen wusste. – Wir hatten es doch nicht böse gemeint!

Auf dem Flur versprach der Franzose, er werde mir Heinrichs neue Adresse besorgen. Er legte mir auch die Hand auf die Schulter, als er sah, dass ich weinte. „Kannst für heute nach Hause gehen, Hennes, wenn du willst."
Ich wollte nicht. Feiglinge laufen weg.
Nach zwei, drei Wochen redete kaum noch einer von Heinrich. Ich sagte ja schon, in unserer Schule ging es zu wie im Taubenschlag. Die einen kamen, die anderen gingen. Uwe und Schmackes sind dann Frösche geworden. Sollten sie doch!
Es war ein langer und sonniger Herbst. Altweibersommer, Indianersommer. Aber ich wünschte mir, dass es regnete. Mir war die Lust am schönen Wetter vergangen. In mir regnete und regnete es.
An einem Abend stieg ich auf den Zechenberg und zerstörte alles in der Höhle. Das Glas mit dem getrockneten Blut ließ ich den Berg hinunterrollen. Auf den Schienen zersprang es. Den Einstieg zur Höhle erweiterte ich so, dass jeder das Loch sehen konnte. Es war nicht mehr unsere Höhle. Der Zauber war verflogen. Der Traum war ausgeträumt.
Ich habe dem Heinrich dann einen Brief geschrieben. In der Nähe von Bonn lebte er jetzt. Er muss den Brief bekommen haben, denn sonst wäre der doch zurückgeschickt worden: Empfänger unbekannt. Mein Brief an Heinrich kam aber nicht zurück. Aber es kam auch keine Antwort von Heinrich. Noch wochenlang fragte ich, wenn ich aus der Schule kam: „Ist ein Brief für mich gekommen?" Dann hörte ich auf zu fragen.
Ob sich Indianer vielleicht nur mit Rauchzeichen verständigen? Aber wie sollte ich da seine Botschaft erkennen zwischen all dem Qualm über unserer großen Stadt?
Inzwischen sind Jahre vergangen. Nein, ich warte nicht mehr auf einen Brief von Heinrich. Aber ich habe immer noch die feste Hoffnung, dass wir uns eines Tages wieder sehen. Vielleicht rauchen wir dann die Friedenspfeife.

Materialien

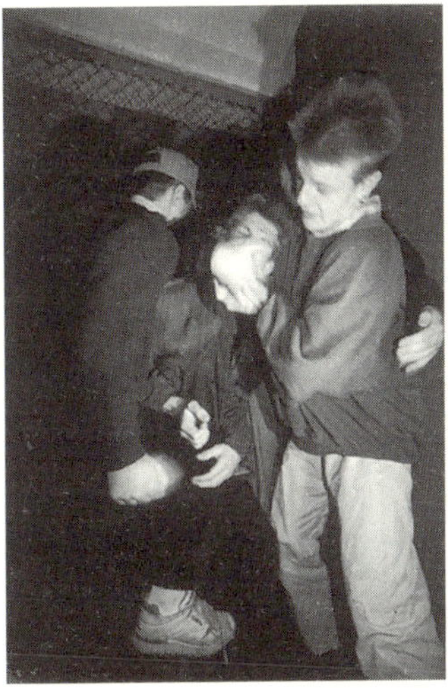

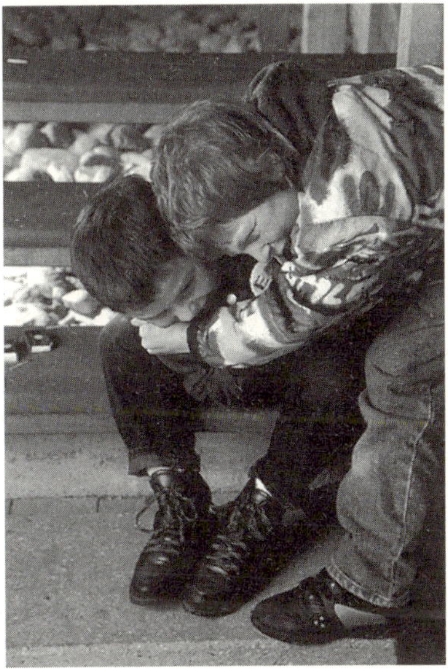

I. Schulalltag?

1. Angefangene Geschichten

Petra ist neu in die Klasse gekommen. Alles kommt ihr fremd vor. Sie ist ganz verschüchtert, und weil sie gemerkt hat, dass die anderen über ihren Dialekt lachen, traut sie sich nichts zu sagen. Heike aber, die neben ihr sitzt, will ihr helfen ...

Rainer hat Angst in die Schule zu gehen, weil Fred, ein Schüler aus der Klasse 7, ihn in den Pausen immer wieder verhaut. Rainers Klassenkameradin Bettina, die im gleichen Haus wohnt, will ihm helfen ...

Bello, der große schwarze Hund des Hauswarts, ist kürzlich in der Pause im Schulhof herumgelaufen, und als er um die Ecke kam, wo Artur und Heiko jeweils Marken tauschen, ist Artur so erschrocken, dass er heulend davonrannte. Die Mädchen, die in der Nähe standen, haben Artur ausgelacht und hänseln ihn noch heute, indem sie ihm „Angsthase" nachrufen. Artur traut sich nun kaum noch in den Schulhof hinunter – wegen des Hundes und wegen der Mädchen. Heiko findet, so könne es nicht weitergehen ...

Kaspar H. Spinner

2. Und noch eine angefangene Geschichte

?...

?...

3. Sonst bist du dran!

Michel [...] wird mehrfach Zeuge, wie einige seiner Klassenkameraden Arnold auflauern. Da sie Michel drohen: „Sonst bist du dran!“, schließt er sich der Gruppe an. Zum Glück spürt die Lehrerin, dass in der Klasse etwas vorgeht. Sie macht einen ungewöhnlichen Vorschlag:

Sie gibt jedem ihrer Schüler einen Zettel und fordert sie auf, zu Hause einmal darüber nachzudenken, wann sie selbst schon einmal Gewalt ausgeübt oder erfahren haben und ihr dies in einem oder mehreren Sätzen anonym aufzuschreiben.

[...] In der letzten Stunde zog Frau Hafner die grauen Zettel aus ihrer Tasche. Sie sagte, es habe sie sehr nachdenklich gemacht, was sie da gelesen hätte.
„Viele von euch waren sehr ehrlich und dafür möchte ich euch danken. Wenn ihr jetzt zuhört, überlegt bitte nicht: Wer hat das geschrieben? Hört einfach zu und achtet darauf, was in euch selbst beim Zuhören passiert [...]“

Meine Kusine stottert, da haben wir sie ausgelacht, da hat sie noch mehr gestottert.

Mir hat ein Junge das Kopftuch heruntergerissen und ist darauf herumgetrampelt.

Mein Hund hat auf meinen Lieblingspullover gepinkelt und ich habe ihn geprügelt, dabei war er noch jung.

Wir haben eine tote Taube im Rinnsal gefunden und einer hat gesagt, wir müssen auf sie springen. Das ist eine Mutprobe und dann hat jeder eine blutige Feder ausgerissen und eingesteckt.

Eure Zettel . . .

4. Sorgenbrief an eine Jugendzeitschrift

Ich werde immer von Schülern meiner oder einer anderen Klasse nach dem Unterricht geschlagen. Das geht nun schon zwei Jahre so.
Nun habe ich Angst, dass irgendwann einmal etwas passiert, wenn sie mich schlagen.
Was soll ich machen? Bitte raten Sie mir nicht, mit meinem Lehrer darüber zu sprechen, denn das habe ich schon. Der macht aber nichts dagegen. *Schülerin, 11*

Antwort an die Schreiberin des Sorgenbriefes

Den Rat, mit deinem Klassenlehrer über diesen Schulterror zu sprechen, werde ich dir jetzt auch nicht mehr geben. Ich muss feststellen, dass dieser Lehrer seine schulischen Aufsichtspflichten grob vernachlässigt. Mir ist unbegreiflich, wie du zwei Jahre lang diese körperlichen Angriffe ertragen konntest. Du musst ja ständig unter Angst stehen. So kann das nicht weitergehen. Pack endlich einmal aus! Erzähl deinen Eltern von diesen Vorfällen, die du ja sicher mit sehr genauen Angaben des Datums und des Ortes untermauern kannst! Sie sollen unverzüglich bei der Schulleitung vorsprechen und verlangen, dass die Schule alles in ihrer Macht stehende tut, um diese Angriffe deiner Mitschüler zu unterbinden. Sollte nichts dabei herauskommen, bleibt deinen Eltern nur noch der Weg über eine Anzeige bei der Polizei. Die Eltern der schlagenden Mitschüler werden dann mit amtlich-rechtlichen Mitteln auf ihre Aufsichtspflichten hingewiesen. Und dann müsstest du diese Belastung eigentlich loswerden. Ich hoffe, dass der letzte Schritt gar nicht getan werden muss.

Was hättest du geantwortet?

5. Indianer weinen nicht

[...]
Heinrich hockte neben uns am Rand der Sprunggrube, kaute an einer Schwarzbrotschnitte mit Schinken herum und schaute uns Pokerspielern zu.
Dann entdeckte Catcher Göhrke mich. Neben ihm schlenderten Astrid und Hilde. Die schrecklichen Miezen: So nannten wir sie. Ich glaube, sie waren mindestens so gemein wie die Jungen von der Schülermafia. Das machte denen richtig Spaß, wenn Waller, King Charly und die anderen aus der Zehnten uns quälten. Göhrke gehörte natürlich auch dazu.

Er riss mir die Spielkarten aus der Hand. „Bäh, zwei mickrige Pärchen! Da kannst du nix mit werden.“ Mit widerlich gelangweilter Geste ließ er die Karten in den Sand fallen und trat mit seinen gelben Angeberstiefeln drauf. Hochhackige Stiefel mit klirrenden Sporen und Messingnieten waren das. Und er trug auch immer Ledermanschetten an den Handgelenken, damit er wie ein gefährlicher Schläger aussah, aber der Feigling vergriff sich nur an Jüngeren.
Göhrke feixte mich bösartig an. „Wer hat denn seine Miete nicht bezahlt?“
Uwe sammelte hastig die Spielkarten ein.
„Wer seine Miete nicht bezahlt hat, will ich wissen.“ Göhrke glättete mit den kleinen Fingern die drei Flusen unter seiner Nase, die wohl einen Gangsterschnurrbart darstellen sollten. „Na? Ich höre!“
Meine Lippen wurden ganz hart. Ich fühlte auch, wie mir salziger Schweiß in die Augen drang. „Hau doch ab, du Hilfsgorilla!“, hörte ich mich sagen. Meine Stimme kam mir fremd vor.
„Huh, ist der Hennes heute stark!“, höhnte die Astrid mit ihrem lila geschminkten Koddermaul.
Hilde musste natürlich ihren Spruch loswerden. „Der wiegt heute drei Zentner, der Hennes, aber ohne Knochen!“
Uwe und Schmackes standen inzwischen auf der anderen Seite der Sprunggrube und schrien, bereit zur Flucht: „Hilfs-go-ril-la! Hilfs-go-ril-la!“
Göhrke fasste nach meiner Nase und begann zu drehen und quetschen, dass ich vor Tränen alles nur noch verschwommen sah. „Ich hab dich was gefragt!“, fauchte er.
Das war so ein Augenblick ...

Hennes könnte auch einen Sorgenbrief schreiben …

6. Rache an Heinrich

[...]
Noch und noch redete ich auf Heinrich ein, beschwor ihn geradezu, mit uns zu fahren, weil Catcher Göhrke ihm garantiert auflauern würde, aber Heinrich blieb stur wie ein Esel. Er bestand darauf, allein nach Hause zu gehen.
„Vor so 'nem Penner wie dem Göhrke hab ich doch keinen Schiss!", lachte er, nahm seine Segeltuchtasche und ging – kerzengerade wie Häuptling Sitting Bull im Abendrot – langsam vom Schulhof.

[...]
Als wir in die Seitenstraße abbogen und an den Schrebergärten entlangfuhren, entdeckte ich ihn plötzlich. Bohnenstangen, Gartenzwerge, Apfelbäume, blühende Astern ...
Und dann sah ich Heinrich. Er kniete an einem Jägerzaun und versuchte den Kopf mit den Armen zu schützen. Vor ihm hatten sich Göhrke und Waller aufgebaut. Anscheinend lösten sie sich ab beim Schlagen. Am Straßenrand standen die schrecklichen Miezen und schauten zu.
„Halt!“, schrie ich. Meine Hände zitterten. „Der Heinrich! Das ist der Heinrich! Der ist in meiner Klasse, und diese Schweine, die ...“ Ich brabbelte weiter, konnte aber kaum schlucken, so hatte es mir die Sprache verschlagen. Ich fand die richtigen Wörter nicht, weil mich diese Grausamkeit sprachlos machte.
Aber mein Vater hatte begriffen. Er stieg auf die Bremse, dass ich durch die Windschutzscheibe geschossen wäre, wenn mich der Gurt nicht gehalten hätte. Er war viel schneller aus dem Auto gesprungen als ich. Ich fühlte mich wie gelähmt. Die Hilde und die Astrid sah ich wegrennen, dann hörte ich Wallers warnenden Pfiff. Göhrke drehte sich um, starrte nur eine Schrecksekunde lang meinen Vater an, flankte dann über den Zaun und hastete mit Waller ins Gewirr der hohen Maisstauden hinein.
[...]
Heinrich war böse zugerichtet. Er presste die Hände auf seinen Unterleib. Die Indianerbackenknochen schienen schon schlimm angeschwollen. Aus dem rechten Nasenloch lief ein Blutfaden. Aber das vor allem nahm ich überdeutlich wahr: Heinrich weinte nicht.
„Mein Gott!“, stöhnte mein Vater. „Das ist doch nicht zu fassen! Wo leben wir denn?“ Er hob Heinrichs Kopf an und tupfte mit einem Papiertaschentuch das Blut von der Backe. „Was haben die Ganoven bloß mit dir gemacht!“

Aus einem Fenster rief eine Frau: „Ich hab alles beobachtet! Soll ich die Polizei verständigen?“
„Aber schnell!“ Mein Vater bebte vor Zorn.
[...]
Und dann endlich stiegen zwei junge Polizisten aus ihrem grünweißen Passat.
Aber da war Heinrich schon verschwunden.
Das gab es doch nicht, dass sich ein Mensch einfach in Luft auflöste! Ob Indianer oder Bleichgesicht: Man kann sich doch nicht einfach in Luft auflösen! Doch Heinrich war verschwunden. Geschmeidig wie eine Katze musste er das Durcheinander ausgenützt haben, um sich davonzumachen.
Aber warum nur?
Die Leute redeten alle gleichzeitig auf die Polizisten ein, zeigten über das kleine Maisfeld in das Dickicht der Gartengebüsche hinein, riefen sich gegenseitig zu, was man „mit diesen Strolchen“ eigentlich machen müsse ...
[...]
Mein Vater war noch sehr aufgeregt von dem Gespräch mit den Polizisten. Die hatten das alles nicht so richtig ernst genommen. Schlägereien unter Schülern kommen doch nun mal vor, was soll's! Da ruft man doch nicht gleich die Polizei ...

Was werden Göhrke oder Waller in ihrem Brief an einen Freund wohl über den Vorfall berichten?

7. „Das ist doch nicht zu fassen! Wo leben wir denn?“

II. Mutproben

1. Spring endlich!

[...]
„Findet ihr die Kipploren auch so schön wie ich?“, fragte der Dürre mit der Brille.
Was sollte an den Kippwägelchen schon schön sein!
„Ich wette, ihr wolltet schon immer mal mit so einer Kipplore quer über die Straße fahren. Heute wird euch dieser brennende Wunsch endlich erfüllt.“ Hässlich lachend forderte er: „Jetzt freut euch doch mal!“
Ich begriff und erschrak. Das durfte doch nicht wahr sein! Mindestens zehn Meter über der Autostraße rollten die Kippwagen am Eisengestänge und nur doppelt so groß wie Kinderwagen waren diese schwankenden Loren, übervoll mit Schlackebrocken. Sicher, da gab es ein Schutzgeflecht aus Draht darunter, das zu verhindern hatte, dass Schlacke auf die Fahrbahn fiel. Aber wenn ich stürzte: Nie im Leben würde mich dieses mickrige Schutzgeflecht auffangen! Und das Geschaukel da oben und die rasenden Autos da unten ... Ich stellte mir das vor, wie ich winzigklein auf so einer beladenen Lore hockte, an den Bügel geklammert: da hoch oben schaukelnd, schaukelnd, schaukelnd. Ich, der ich mich in keine Kirmesschiffschaukel traute, weil mir sofort schlecht wurde! Und jetzt? Ich hatte schreckliche Angst.
„Und wenn wir drüben sind?“ Heinrich fragte das mit seltsam heiserer Stimme, aber von seinem Apachengesicht konnte man nicht die geringste Spur von Furcht ablesen.
„Dann springt ihr über dem Eisenbahnwaggon ab, über dem die Loren sich drehen und auskippen. Ist doch logisch, oder? Man muss nur den richtigen Zeitpunkt abpassen, sonst geht's gefährlich in die Hose.“ Der Brillenmann hob bedauernd die Hände.

„Ihr könnt es euch noch überlegen“, sagte der Dicke mit den vielen Nieten, „genau eine Minute Bedenkzeit – ab jetzt.“ Er schaute auf seine Armbanduhr und ließ den Finger hinunterschnellen wie ein Starter ...

An dieser Stelle hätte die Geschichte von Hennes, Heinrich und den anderen noch anders ausgehen können ...
Lest im Buch noch einmal nach, wie es zu dieser Situation kam, und erfindet einen neuen Schluss für die Geschichte.

2. Mutproben! Mutproben?

Welche Geschichten mögen sich wohl hinter den dargestellten Situationen verbergen?
Entscheide dich für eins der drei Bilder und schreibe deine Geschichte dazu.

3.

Die Suche nach dem Kick

Warum manche Leute senkrecht eine Häuserwand hinunterrennen oder sich an einem Gummiseil in den Abgrund stürzen – eine Selbsterfahrung

Von Bernd Loppow

Eben noch stand ich vor dem Abgrund. Jetzt bin ich einen Schritt weiter. Langsam kippe ich der Tiefe entgegen. Über mir strahlt blau der Münchner Himmel, senkrecht unter mir liegen siebzig Meter Hotelwand und Luft, nichts als Luft. Der Blick schweift über die Stadt, die Frauenkirche, den Olympiapark, den Englischen Garten. Tausende schwitzen in den Biergärten vor ihren kühlen Maßkrügen, unterm Chinesischen Turm oder am Seehaus, wo ich jetzt auch sitzen könnte. [...]
Ich denke an meinen Chefredakteur, der wohl wusste, warum er mir die Einladung zu diesem „Wochenende zwischen Himmel und Erde" weiterreichte. Sollte es auch mein letztes sein?
Dann holt mich ein Ruck am Rücken in die Realität zurück. Ich bete, dass die beiden Karabinerhaken und die Bergsteigerseile, die meinen Abstieg sichern sollen, auch wirklich zwei Tonnen tragen und kürzlich ausgewechselt wurden. *House running* – mit dem Gesicht nach unten entlang der Mauer siebzig Meter hinab in die Tiefe laufen – ist der erste Programmpunkt eines Abenteuerwochenendes. [...]
Meine sechzehn Mitstreiter sind alle schon unten. „Es ist supergeil", jubelt die dunkel gelockte Margit. „Man hat echt keine Angst", schwört der Berliner Peter, von der Natur nicht gerade mit einer Bergsteigerfigur ausgestattet, dafür aber nie um einen Spruch verlegen. Ich habe richtig Schiss. Der Schweiß rinnt mir unter dem Sturzhelm über die Stirn in die Augen. Doch es gibt kein Zurück: Ich stehe im rechten Winkel an der Hauswand und lausche den Kommandos von Tom, dem smarten teamcaptain. „Hintern an die Wand, Füße nach vorne, Kopf nach oben, du schaffst es." Hoffentlich.

Ich gehe, immer schneller gleitet das Führungsseil, mit dem ich die Geschwindigkeit kontrollieren kann, durch meine in dicken Handschuhen steckenden Finger. Ich laufe. Immer näher kommt der grüne Sicherheitsairbag am Boden auf mich zu. „Das geht noch schneller", schreit Tom von oben. „*Go, go, go*", johlt die Gruppe von unten. Dann ist es geschafft. Ich liege wie ein Käfer mit dem Rücken auf dem Gummipolster und blicke nach oben. „*Jochen Schweizer takes you over the edge*", prangt in dicken Lettern auf der Hotelfassade.

*

„Hi, ich bin Jochen." Mit festem Druck und gewinnendem Lächeln hatte uns der blonde Modellathlet gestern Abend beim Begrüßungscocktail die Hand geschüttelt. Der muskelbepackte Enddreißiger ist der Kopf des Teams von Action Sports, jener Firma, die uns Durchschnittsbürgern Grenzerfahrungen vermitteln und den geistigen Horizont der Gruppe, die sich im Biergarten des Luxushotels versammelt hat, um „neue Erlebnisdimensionen" bereichern will.

Da rutschen nun siebzehn Menschen hauptsächlich mittleren und jüngeren Alters sowie schlanker bis barocker Figur auf den Holzbänken hin und her und wissen nicht genau, was sie von den versprochenen *events* halten sollen. „Ich setze mich nicht unter Druck", verspricht die blond gelockte Christa aus Wuppertal eine Spur zu gelassen. „Wenn das für mich o. k. ist, springe ich, sonst nicht." Was hatte Jochen eben bei der Einführung noch betont? „Keiner muss, jeder darf. Helft euch gegenseitig und erlebt, wie wir euch in Bereiche entführen, die euch eben noch fremd waren." Ein bisschen Schiss hat jeder. Ganz ängstlich ist keiner. [...] Psychologen haben sich ihre Meinung längst gebildet über jene Freizeitgebaren, die fast allen Mitmenschen nur ein verständnisloses Kopfschütteln abringen: Weil der moderne Mensch westlicher Industriegesellschaften im Alltagstrott kaum noch an seine Grenzen stoße, suche er geradezu nach Extremsituationen [...] Ekstatische Rituale[1] der Naturvölker oder die religiöse Ekstase[2] des Mittelalters würden heute ersetzt durch

---

[1] Ritual: religiöser Brauch; Zeremoniell
[2] Ekstase: (griech.) religiöse Verzückung; höchste Begeisterung

S-Bahn-Surfen, Gleitschirmfliegen, Extrembergsteigen oder eben durch Jochen Schweizers einfache, schnelle und vergleichsweise billige Nervenkitzel des Fastfood-Zeitalters. Nur trauen muss man sich.

[...]

Was seinen Kunden den ultimativen Adrenalinstoß[3] geben soll, erweckt beim Meister selbst nicht mal mehr den Ansatz einer Gänsehaut. Seine Reizschwelle liegt höher. Schweizer braucht, wie er gern zugibt, „etwas mehr Thrill[4], um fasziniert zu sein". Um es sich mal wieder richtig zu besorgen, springt er dann gelegentlich in 2000 Metern Höhe aus dem Heißluftballon. Nach einem freien Fall von 250 Metern katapultiert ihn das Gummiseil wieder zurück bis kurz unter den Korb. Dann klinkt der Münchner sich aus und rast mit 180 Stundenkilometern auf die Erde zu, bis er in 800 Metern Höhe die Reißleine seines Fallschirms zieht. Oder er stürzt sich mit Fortgeschrittenen seines Pro Clubs von Brücken und Staudämmen.

Der Truppe auf dem Hoteldach langt jedenfalls die Aussicht auf ihren Sturzflug am nächsten Tag. Hatten heute noch Karabinerhaken und daumendicke Bergsteigerseile die Angst vor dem Absturz gelindert, wird das Leben beim freien Bungee-Fall an einem Gummi hängen. Jochen übt sich als Hobbypsychologe und erinnert an seine ersten Sprünge: „Erst war da die Angst, dann Faszination, danach Selbstbewusstsein." Und er schwärmt vom Flashback, der nach dem kurzen Moment der Schwerelosigkeit „noch Tage anhält".

[...]

Alle, ausnahmslos, sind gesprungen. Nach mir kommt nur noch der Berliner. Margit, Heike und Christa, die Frauen vorneweg, als wäre das nichts. Danach die Frankfurter Frank und Andreas und Volker von der Rasiererfirma. „Vergiss alles, was du bisher erlebt hast" (Frank). „Du hörst den Wind rauschen, das ist total überirdisch" (Christa). „Ich hab im ersten Moment geglaubt, ich sterbe" (Heike). „Irre, einfach irre" (Andreas).

---

[3] Adrenalin: Hormon der Nebenniere
[4] Thrill: (engl.) Schauer, Erregung, Hochspannung

Doch ihre Euphorie will nicht überspringen. Mir ist flau. Wie durch Watte höre ich die Stimme vom *teamcaptain* Tom, der mir aufmunternd auf die Schultern klopft: „So, jetzt geht's los. Bist du schon mal gesprungen?“ Ich versuche cool dreinzuschauen und gelassen den Kopf zu schütteln. Dann geht es aufwärts. Der Kranführer zieht die Gondel hoch bis unter die Spitze des stählernen Ungetüms und schwenkt uns über den See.

In der Ferne, weit hinter Wiesen und Feldern, erkenne ich die Silhouette Münchens. Ich sehe nach unten. Meilenweit entfernt erscheint die glitzernde Wasserfläche, wie kleine Punkte die Gruppe, die mir zuwinkt. Alle sehen zu mir rauf. Ich klammere mich noch fester an das Stahlrohrgerüst und denke: „Warum machst du diesen Quatsch hier eigentlich?“ Noch könnte ich, so wie jeder hundertste Mann, wieder runterfahren. Frauen sind mutiger, nur eine von dreihundert springt nicht.

Dann kommen schon Toms Kommandos: „So ist's gut. Beine durchstrecken, Arme ausbreiten, schönes Hohlkreuz, Kopf in den Nacken. Und tschüs.“ Meine Empfindungen liegen zwischen Todesangst und dem Vernunftgefühl „es kann ja nichts passieren“. Dann denke ich gar nichts mehr, ich kippe mit weit aufgerissenen Augen kopfüber in den Abgrund, rase senkrecht auf die Wasserfläche zu. Und brülle, was die Lungen hergeben.

Ich spüre das Eintauchen und wie ich vom Seil wieder nach oben gerissen werde, sanft, ohne jeden Ruck schwebe ich mit ausgebreiteten Armen wieder nach oben. Und wieder abwärts, auf und ab, bis der Kran mich zum Ufer schwenkt und ich sachte aufgefangen werde. Dann liege ich, klitschnass, alle viere von mir gestreckt, auf dem Asphalt. Was empfinde ich in diesen Sekunden? Ich kann es nicht in Worte fassen. Glück, Euphorie, Wahnsinn – es liegt wohl irgendwie dazwischen.

4. Dietlof Reiche: Tunnel-Cowboy

Von Krankenhausluft wird mir schlecht und Katrin finde ich zum Kotzen. Aber so gut wie jeden Nachmittag besuche ich sie. Niemand außer Katrin kann bezeugen, wie es geschehen ist. Ich muss es von ihr wissen.

Bei den Tunnel-Cowboys habe ich mich nicht mehr blicken lassen seit der Sache mit Katrin. Blöderweise bin ich einige Tage danach Bigfoot in die Arme gelaufen. „Was'n los, Cowboy?“, hat er lauernd gefragt. „Warum kommste nich mehr?“ Ich habe ihm etwas hingedrückt von Schule und vieler Arbeit. Zwecklos, dem erklären zu wollen, dass ich fertig bin mit der Tunnel-Reiterei.

Katrin ist aus der Unfallklinik ins Heiliggeistkrankenhaus verlegt worden. Ich muss also, wenn ich sie besuche, mit der U-Bahn fahren. Die Station Konstabler Wache, wo ich aussteige, ist weit und hell, anders als die höhlenartige Station Grüneburgweg, der Treffpunkt der Tunnel-Cowboys. Als ich zum Ausgang gehe, registriere ich automatisch die Notstoppgriffe. Sie sind längs des Bahnsteiges verteilt, auch hier verblüffend weit auseinander. Im ungünstigen Fall ist einer, der einen ausfahrenden Zug stoppen will, über fünfzig Meter von einem Griff entfernt. Seit drei Wochen weiß ich das.

Draußen nieselt es, leichter Wind weht und ich spüre feuchte Kühle im Gesicht. Ich habe ein Kaktustöpfchen bei mir, gestern für Katrin gekauft. Es ist in grünes Geschenkpapier eingeschlagen. Vorsichtig löse ich die Klebestreifen und ziehe das Papier etwas auseinander. Ich denke, die Luft hier draußen tut dem Kaktus gut, auch wenn sie feucht ist. Besser jedenfalls als die Krankenhausluft. Es ist ein kleiner Kaktus, knubbelig und ohne Stacheln, bloß oben hat er eine Art Schopf. Er sieht aus wie ein Gnom. Katrin steht auf Kakteen und mit dem Gnom lande ich garantiert einen Treffer. Nicht, dass ich glaube, ich brauche ihn bloß auszupacken und sie ist so entzückt, dass sie mir erzählt, was ich wissen will. Aber mit ein bisschen Begeisterung rechne ich. Und die verbessert meine Chancen.

Katrin liegt im ersten Stock des Krankenhauses, auf der chirurgischen Station, weil man das Bein noch einmal operieren musste. Langsam steige ich die Treppe hoch. Ich stelle mir Katrin vor, oben in ihrem Bett, und denke fest und ausdrücklich: Sie muss es mir sagen. Das denke ich mehrmals und wie eine Beschwörung. Jetzt fühle ich mich bereit für das Match mit Katrin.

Sie ist zäh, das muss man ihr lassen, und sie nimmt die Sache mit ihrem Bein ziemlich cool. Kann natürlich sein, dass sie sich nur mir gegenüber beherrscht gibt. Aber dazu gehört auch Beherrschung. Jedenfalls: Im entscheidenden Augenblick hatte sie sich völlig in der Gewalt. Das war, als sie mir sagte, dass sie hinken wird.

Ich stoße die Schwingtür zur Station auf. Über den Gang kommt mir eine Schwester entgegen. Sie schüttelt den Kopf und sagt: „Jetzt nicht. Sie schläft.“ Ohne sich weiter um mich zu kümmern, verschwindet sie im Schwesternzimmer. Ich beschließe, mich nicht zu ärgern, und setze mich auf die Bank, die nahe der Schwingtür aufgestellt ist. Der Gang liegt leer und still, alle Zimmertüren sind geschlossen, auch die des Schwesternzimmers. Gewöhnlich, wenn ich komme, ist hier ziemlicher Betrieb. Aber ich habe meinen Besuch noch nie so kurz nach Mittag gemacht. Und zum ersten Mal bringe ich Katrin etwas mit. Alles ist anders als sonst. Plötzlich bin ich mir ganz sicher: Heute sagt sie es mir.

Ich sitze locker auf der Bank, atme aber so flach wie möglich, damit mir nicht übel wird. Die Luft hier ist wirklich für alles gut, bloß nicht zum Durchatmen. Das Kaktustöpfchen habe ich neben mich auf die Bank gestellt. Er tut mir jetzt richtig Leid, der kleine Gnom. Ich kann gehen, aber er muss bleiben in dieser Luft. Mich sieht Katrin zum letzten Mal hier. Ich bin fertig mit ihr. Das weiß ich seit meinem Besuch gestern. Da hatte ich mich gerade auf den Stuhl an ihrem Bett gesetzt, als ohne Einleitung von ihr kam: „Der Oberarzt meint, dass ich für den Rest meines Lebens hinken werde.“ Das hatte sie ganz einfach gesagt, ohne besondere Betonung. Zuerst verstand ich überhaupt nicht. Dann war ich nur erschrocken. Langsam aber begriff ich, was sie mir da zugeschoben hatte. Es war die Art, wie sie mich ansah, die mir ein Licht aufsteckte. Sie blickte mich an, ohne sich zu rühren. Stumm und reglos sah sie mir genau in die Augen, ohne einen Lidschlag. Anfangs hielt ich ihren Blick aus. Dann wollte ich wegsehen. Aber es ging nicht. Ich durfte nicht. Genau das war es. Ich musste ihr, nach allem, was war, in die Augen sehen. Ich verstand: Wann immer sie wollte, konnte sie mich dazu zwingen. Und da hatte ich auch begriffen: Ich musste weg von ihr. Ich bin fertig mit Katrin. Wenn sie mir gesagt hat, was ich wissen will, schreibe ich ein dickes ‚Ende‘ unter die ganze Geschichte.

„Das ist Katrin“, hatte die Kleefeld sie vorgestellt. „Nehmt sie auf in eure Gemeinschaft.“ Die Kleefeld ist unsere Klassenlehrerin und stammt aus dem vorigen Jahrhundert. Katrin stand da, schlank und aufrecht, besah sie sich aus kühlen, hellen Augen, und dann lächelte sie, ganz leicht nur und ein bisschen mitleidig. Als sie nun zu dem Platz ging, auf den die Kleefeld gedeutet hatte, da bewegte sie sich leicht und locker. Sie war schmal, wirkte zugleich aber fest und kräftig. So sah ich sie damals. Wozu man wissen muss, dass ich seit einiger Zeit keine Freundin hatte, genauer: seit ich in diese Klasse ging (es ist eine zehnte, Gymnasium, ich muss sie wiederholen). Und nun war Katrin erschienen. Nach der folgenden Stunde würde frei sein und ich nahm mir vor, sie in das Westend-Café einzuladen, in dem ich nach der Schule gern sitze. Es ist hell und kühl verspiegelt und hat einen reinweißen Fußboden.

Katrin hatte neben Engelbert Platz nehmen müssen. Er ist das Mathematik-Genie der Klasse. Wenn der Mathe-Schubert verkündet, der Stoff sei mit etwas Fleiß auch für den letzten Neandertaler zu bewältigen, dann nickt Engelbert fein lächelnd. Er ist ein eierköpfiger Wicht. Gleich nach Pausenbeginn fing er an, auf Katrin einzureden, und sie, die nicht wissen konnte, dass er ein Wicht war, ließ es sich gefallen. Sie lachte sogar und schien amüsiert. Ich musste sofort dazwischengehen. Aber als ich mich erhob, sagte mein Tischnachbar: „Er wird wohl trigonometrische Funktionen prüfen." – „Wie? Was?"
„Na, jetzt kommt doch der Mathe-Test."
Vergessen, einfach vergessen. Und von Sinus und Kosinus natürlich keinen Schimmer. Ich blickte zu Katrin hinüber. Vermutlich ertrank sie gleich in Engelberts Redestrom. Aber jetzt musste ich erst mich selber retten. Zähneknirschend zog ich das Mathebuch aus der Mappe. Später, als ich meinen Testbogen hatte, war ziemlich schnell klar: Ich konnte den Bogen umdrehen und mich zurücklehnen.
Rundum kritzelten sie, klapperten mit Dreiecken und Zirkeln, und ich beobachtete eine Fliege. Es war eine dicke, und sie brummte beharrlich im Klassenzimmer umher. Im geraden Flug näherte sie sich nun Katrins Platz. Die saß, wie die anderen, über ihren Testbogen gebeugt. Aber als die Fliege über ihr war, hob sie den Kopf. Gleichzeitig ging ihr Arm hoch, ruhig und gar nicht besonders schnell, und da hatte sie die Fliege. Sie hatte sie einfach aus der Luft gegriffen. Dann stand sie auf, ging zum Fenster, öffnete es und ließ die Fliege davonbrummen. Jetzt erst schaute Engelbert, auch andere wurden aufmerksam, aber es war zu spät. Was dieses Mädchen konnte, wusste nur ich.
Sofort nachdem die Bögen eingesammelt waren, stand ich neben Katrins Platz. Sie bemerkte mich nicht, weil sie sich von Engelbert etwas erklären ließ, offenbar eine der Testaufgaben. Ihr Kopf war viel zu nah an seinem.

„Hallo“, sagte ich fröhlich. „Schluss für heute.“ Sie sah mich an. „Redest du mit mir?“

Ich nickte. „Ich kenne ein irre cooles Café. Wie wär's?“ Sie musterte mich aus hellen Augen. Dann schüttelte sie den Kopf. „Jetzt nicht. Ein anderes Mal.“

„Etwa deswegen?“ Ich griff nach dem Papier, das auf dem Tisch lag. Ein Dreieck war darauf gemalt, mit Winkelbezeichnungen. Ich besah es mir, und mit einmal überwältigte mich das Gefühl, dass auf der Welt nichts überflüssiger war als ein Dreieck mit Winkelbezeichnungen. Ich konnte nicht anders. Ich zerknüllte das Papier und warf es in die Ecke, wo der Papierkorb stand. Und dachte im gleichen Augenblick: du Idiot.

„Bist du bescheuert?“, kam auch sofort von Katrin. Ihre Augen funkelten. Engelbert lächelte.

Ich versuchte eine Erklärung, wollte zurechtrücken, aber es war vorbei, Katrin ließ mich so betont unbeachtet, dass ich schleunigst abzog.

Wie dieser Wicht Engelbert fein und eierköpfig gelächelt hatte! Als ich es mir vorstellte, wurde ich fast depressiv. Ich entschied, jetzt nicht nach Hause zu fahren, sondern zum Tunnel-Reiten. Aber noch würde keiner der Cowboys an der Station Grüneburgweg sein. An sich konnte man alleine reiten. Allerdings hatte man dann keinen Sichtschutz und ging das Risiko ein, von einer der Überwachungskameras erfasst zu werden. Deshalb galt die Cowboy-Regel: Nie allein. Ich beschloss, mich an sie zu halten und auf die anderen Cowboys zu warten. Am besten im Sportlerheim.

Das war früher vielleicht eines gewesen. Jetzt war es eine saalartige, kalte Kneipe mit Resopaltischen, die man stumpfsinnig in Reih und Glied aufgestellt hatte. Der Laden lief so mies, dass der Wirt sogar Arbeitslose akzeptierte, die nur hin und wieder ein Bier bei ihm bestellten, meistens aber aus Dosen tranken, die sie beim Aldi um die Ecke gekauft hatten.

Als ich durch die Tür kam, wurde ich mit „Ey, Cowboy" begrüßt. Es war Bigfoot. Er lag mehr auf seinem Stuhl, als dass er saß, die Beine mit den klobigen Schnürstiefeln lang ausgestreckt. Auf dem Tisch standen ein kleines Bier und auf dem Fußboden ein Pack Dosen. Ich bestellte eine Cola und setzte mich zu ihm. „Alles klar?"
Bigfoot hob vage die Schultern. Schwer und zerfließend hing er auf seinem Stuhl, ein massiger Riese, dem man seine Sprungkraft nicht ansah. Von uns allen beherrschte er das Reiten am sichersten.
Als ich zu den Tunnel-Cowboys gekommen war, hatten sie gerade angefangen, ihn Bigfoot zu nennen, nach dem Film-Bigfoot, diesem urzeitlichen Waldmenschen, der gefährlich sein konnte wie ein brüllender Gorilla, aber auch sanft und täppisch wie ein Brummbär. Manchmal spielte uns Bigfoot den Bigfoot vor. Er hatte einen mehr als schwachen Hauptschulabschluss und es inzwischen aufgegeben, nach einer Lehrstelle zu suchen.
„Reiten wir heute?", fragte ich.
Bigfoot schüttelte den Kopf. „Bin nicht gut drauf." Er griff sich von unten eine Bierdose und riss den Verschluss auf. „Is sowieso immer dasselbe." Er saß, mit der Dose in der Hand, und blickte ins Leere. Plötzlich sagte er: „Man müsste Geld nehmen."
„Wofür?", fragte ich.
„Na, fürs Reiten. Eintritt nehmen, wie die vom Zirkus."
„Du meinst, wir sollen es vor Zuschauern machen? Du spinnst. Da sind doch gleich die Bullen auf der Matte." „Na ja. War bloß so eine Idee." Er setzte die Dose an und ließ das Bier laufen. „Aber schlecht wär's nicht", sagte er. „Mal jemand, der zuschaut, wär nicht schlecht."
Es war genau da, dass mir Katrin einfiel. „Hör mal, Bigfoot", sagte ich. „Morgen bringe ich jemanden mit."
Am folgenden Tag fing ich sie vor dem Klassenzimmer ab. „Ich bin ein Idiot", sagte ich und lächelte so zaghaft, wie

ich es am Abend vor dem Spiegel geübt hatte. „So ist es“, sagte sie und blickte an mir vorbei. „Darf ich dich trotzdem einladen?“, fragte ich weich.

„Etwa in dein irres, cooles Café?“

„In kein Café“, sagte ich. „Sondern zum Tunnel-Reiten.“ Jetzt blickte sie mir ins Gesicht.

„Darf ich es dir zeigen?“ Ich sah ihr in die Augen. „Darf ich dir zeigen, was für ein erstklassiger Tunnel-Cowboy ich bin?“

Da lächelte sie. „Gut. Wo und wann?“

Ich erbot mich, sie von zu Hause abzuholen, was sie ablehnte, und ich sagte ihr, wo und wann. Katrin würde staunen. Die Cowboys waren eine der Streetgangs, von denen man in der Zeitung las. Wie Bigfoot waren die meisten arbeitslos, ein Türke gehörte dazu. Und ich, der Gymnasiast (wie ich auf die Gang gestoßen bin und was ich anstellen musste, bis ich aufgenommen war, ist eine andere Geschichte). Ich wollte, so könnte man sagen, Katrin in den Zirkus ausführen. Was sie umso mehr beeindrucken musste, als ich einer der Artisten war.

Bigfoot hatte die Gang vollzählig zusammengetrommelt mit der Nachricht, dass eine Biene zusehen würde. Den meisten Cowboys war es recht. „Da können wir mal zeigen, was wir draufhaben.“

Einige aber hielten dagegen: „Wenn sich das Reiten rumspricht, können wir hier einpacken. Wer garantiert denn, dass die Biene nicht quatscht?“

„Ich“, sagte ich.

„Kennst du sie gut?“, fragte der Türkencowboy. „Ich meine, hast du sie schon lange?“ Ich nickte.

„Hört mal her“, sagte Bigfoot jetzt. „Die Sache ist doch ganz einfach. Wir begucken sie uns, und wenn sie in Ordnung ist, kriegt sie das Reiten zu sehen. Wenn sie eine Tussi ist, macht sie die Flatter. O.k.?“

„O.k.“, nickten sie.

Wie gewöhnlich hatten wir uns in der ersten Ebene der Station versammelt, an der Rolltreppe, die von unten heraufführte. Auf den Bahnsteig, der von Videokameras beäugt wurde, würden wir erst gehen, wenn es so weit war. Ich hatte Katrin gesagt, wo sie aussteigen musste und dass sie uns hier oben finden würde. Bigfoot hatte mehrere Packen Bier mitgebracht und die Cowboys standen an der Rolltreppe, redeten und tranken aus Dosen. Ich trank nicht. Von unten hörte man das Geräusch ein- und ausfahrender Züge und die wenigen Fahrgäste, die diese Station jetzt am Nachmittag benutzten, drückten sich scheu an uns vorbei. Wo blieb sie nur?

Sie war schon da.

Als ich absichtslos zur Treppe blickte, die von oben, von der Straße herunterführte, stand sie dort, schmal und unauffällig. Sie war zu Fuß gekommen und beobachtete uns vermutlich schon geraume Zeit. Ich löste mich aus der Gruppe der miteinander redenden Cowboys und ging auf sie zu. Hinter mir wurde es still.

Plötzlich schrie Bigfoot: „He, Cowboy!“ Ich drehte mich um und da warf Bigfoot eine Bierdose. Er warf sie mit Kraft und gezielt so, dass ich gerade eben keine Chance hatte, sie zu fangen. Bigfoot wollte mich vorführen, das wurde mir später klar. Damals sah ich nur verblüfft, wie die Dose heranflog, streckte die Hand aus, erwischte sie nicht, drehte mich hinter ihr her und sah: Mit zwei unwahrscheinlichen Sprüngen war Katrin zur Stelle und griff sich die Dose. Es war, auch für mich, zum Staunen. Die Cowboys hatten runde Augen.

Katrin, mir kurz zunickend, ging zu ihnen.

Bigfoot betrachtete sie stumm und geradezu andächtig. Der Türkencowboy sagte: „Stark war das. Echt stark.“ „Handball?“, wollte Bigfoot nun wissen.

Katrin nickte. „Im Verein.“ Sie reichte ihm die Bierdose.

„Du wirfst nicht schlecht.“

Und da überkam es ihn. Bigfoot musste den Bigfoot spielen. Er richtete sich auf, machte sich breit, wurde zum Riesen, der schwer über den Betonboden stampfte, war ein brüllendes Monster, stapfte zu einem der Abfallbehälter, rüttelte an ihm und der ging auf. Der Abfallbehälter entleerte sich komplett auf den Boden. Bigfoot schaltete sofort um auf den lieben Bigfoot, der reumütig versuchte, den Abfall wieder einzufüllen, tapsig und unbeholfen, wobei er mit schräg gelegtem Kopf und verlegen gespitzten Lippen zu uns herüberblinzelte. Die Cowboys lachten. Katrin lachte nicht, sie schaute. Als Bigfoot, jetzt wieder er selber, herbeikam, sagte sie ernst zu ihm: „Weißt du, dass das große Klasse war?“ Bigfoot lächelte sie an.

Es wurde Zeit, dass ich etwas sagte. Für angemessen hielt ich: „Wo sind wir hier eigentlich? Beim Tunnel-Reiten oder bei einer Monster-Show?“

Schweigend sah Katrin mich an.

„Geht ja gleich los“, sagte Bigfoot. Und zu Katrin: „Was ich dir jetzt zeig, das ist echt filmreif.“

„Moment mal“, sagte ich. „Eines ist ja wohl klar: Ich reite als Erster.“ Ich blickte Bigfoot fest ins Auge, damit er begriff, was ich in Gegenwart Katrins nicht sagen konnte: Ich reite, weil sie meine Biene ist.

„Na gut“, gab Bigfoot nach. Zu Katrin sagte er: „Kein Spitzen-Cowboy, aber er macht's ganz ordentlich.“ Und da ging mir auf: Es war ein Fehler, Katrin unbewacht bei ihm zu lassen. Aber jetzt nicht zu reiten, hätte ausgesehen, als wollte ich kneifen. Es blieb mir nur, die Sache rasch hinter mich zu bringen und dann mit Katrin zu verschwinden.

„Also los“, sagte ich.

[...]

5. Wer ist der Größte?

Tom ist der King

Tom ist der King.
„Ihr macht, was ich sage!"
Wenn Tom die Fäuste ballt,
wenn Tom mit Füßen tritt,
das Gesicht vor Wut verzieht,
dann ducken sich die anderen.
„Geht bloß Tom aus dem Wege!"
Ina drückt sich vorbei.
Markus verkriecht sich
unter seinen eigenen Armen.
„Ich habe Angst vor Tom."
„Tom ist stärker als ich."
Andere Jungen bewundern Tom heimlich.
Auch Lena blickt ganz verzückt.
„Ach, wenn Tom doch mein Freund wäre!"

Kein Blick mehr für Tom

Da geht Anne ein Licht auf.
„Tom unser King? –
Dass ich nicht lache!"
Sie tuschelt mit Rena.
Sie zieht Peter zur Seite.
Vor Neugier reckt Timo den Kopf.
Kein Blick mehr für Tom.
„Wir pfeifen auf dich."
„Zur Fete lade ich Tom doch nicht ein."
„Ins Freibad? – Aber nur ohne Tom!"
Nun steht Tom ganz allein.
Unsere Klasse ist toll! –
Eine gute Gemeinschaft.

III. Auf der Suche nach Lösungen

1. Muss Schule ins Auge gehen?

Prima Klasse ...

Schmierereien an den Wänden, Zoff auf dem Pausenhof, Stunk im Klassenzimmer. Schule kann auch ätzend sein. Jugendliche in Berlin hatten die Nase voll davon. Sie sorgten mit viel Engagement für prima Klima in der Klasse.
Die 3. Gesamtschule im Ostberliner Stadtteil Marzahn liegt genau in der Mitte einer Hochhaussiedlung. 10 000 Menschen leben hier, 4000 davon sind Jugendliche. Freizeiteinrichtungen gibt es weit und breit nicht. Einziger Treffpunkt ist der Schulhof, auch am Nachmittag.

BILLARDZIMMER UND SCHÜLERCAFE

Doch Schulleiter Marks hatte eine Idee. „Wir haben den Sportplatz ausgebaut und auch am Nachmittag offen gelassen", erzählt er. „Dann kamen die Schulräume dran, die nicht mehr genutzt wurden." Die Schülerinnen und Schüler renovierten die Räume nach und nach. Sie richteten einen Tischtennisraum, einen Fitnessraum und ein Billardzimmer ein. Heute verwalten sie sogar ein Schülercafé selbst. In der Videothek kann man kostenlos 600 Filme ausleihen und in der Bibliothek gibt es Lesestoff. Über 170 000 Mark hat die Schule aus dem Sonderprogramm des Berliner Senats „Jugend mit Zukunft" bekommen, aber das Wichtigste war der Einsatz der Jugendlichen.

KEINE KRATZER

Thorsten erzählt: „Früher haben wir in den Freistunden immer rumgehangen. Jetzt können wir uns im Jugendclub treffen." Die Einrichtung der Räume hat kaum Kratzer und von den üblichen Graffiti an den Wänden ist auch nichts zu sehen. Einfache Erkenntnis: Wer einen Raum selbst eingerichtet hat, der passt auch mehr auf, dass nichts kaputtgeht.

FRIEDEN IM CLUB

1991 gab es an der 3. Gesamtschule in Marzahn noch sieben Anzeigen wegen Gewalt, doch heute ist Schluss damit. Im Schülerclub herrscht Frieden zwischen so genannten „rechten" und „linken" Jugendlichen. Für alle gilt: Der Club ist neutrales Gebiet. Trotzdem ist das Thema Gewalt an der Schule weiterhin aktuell. Schülerinnen und Schüler haben dazu ein Theaterstück erarbeitet, bei dem es um die Fragen geht: Wie entsteht Gewalt? Wo entsteht sie? Welche Folgen hat Gewalt? Nach der Aufführung gab es lange Diskussionen mit den Mitschülern.

DER NÄCHSTE SCHRITT

Die Schülerinnen und Schüler der 3. Gesamtschule machen weiter. Als nächstes werden die Klassenräume und Flure renoviert: Wieder ein Stück prima Klima in der Klasse. Und wo man sich wohlfühlt, da gibt es auch weniger Aggressionen und Gewalt.

... Klasse Klima

So viel Geld wie die Schüler der Berliner Schule werdet ihr wohl nicht zur Verfügung gestellt bekommen.
Dennoch könnte man in eurer Klasse / an eurer Schule sicher manches verbessern, um Gewalt vorzubeugen.
Habt ihr Ideen?

2. Fragebogen

Aggressionsarme Schule

Welche der folgenden Vorschläge sind geeignet, eine möglichst aggressionsarme schulische Atmosphäre zu fördern? Kreuze an, für wie wichtig du in diesem Zusammenhang die Vorschläge hältst (1: sehr gut, sehr wichtig; 6: blöd, unbrauchbar), und mache Vorschläge!

	1	2	3	4	5	6
1. „Patenschaften“ zwischen älteren und jüngeren Schülern, z. B. zwischen einer Klasse 9 und einer neuen Klasse 5, führen zu einem rücksichtsvollen Umgang untereinander.						
2. Das allgemeine „Schulklima“ ist wichtig. Neben dem Unterricht muss noch Zeit für Schulfeste, für Schülerzeitung, sportliche Veranstaltungen u. a. bleiben.						
3. Lehrer müssen ...						
4. Eine Schule muss ...						
5. Schüler müssen angerichtete ...						
6. Die Schülervertretung und -mitverantwortung muss ...						
7. ...						

Habt ihr Ideen für einen eigenen Fragebogen?
Erstellt ihn für eure Klasse oder für eine Parallelklasse.